小学館文庫

死神の初恋

一途な愛は時を超えて

朝比奈希夜

小学館

目次

新しい命への情動

翡翠《ひすい》が去ってから三日。

様々な不安はあれど、死神の屋敷に日常が戻ってきた。

千鶴《ちづる》が戻ってきたのがうれしくてたまらない一之助《いちのすけ》は、しばらく食べものが喉を通らなかったらしいのに、今朝は麦飯を三杯もおかわりしている。

「子供とはわかりやすいものだ」

八雲《やくも》が一之助の様子に目を細めながら言った。

八雲の発言ににんまり笑う浅彦《あさひこ》は、漬物を飲み込んですかさずひと言。

「八雲さまもわかりやすいですよ。頬が緩んでいらっしゃいます。千鶴さまがいらっしゃらないと溜息《ためいき》ばかりでし――」

「一之助。浅彦はもう腹いっぱいらしい。これも食べていいぞ」

ギロリと浅彦をにらむ八雲が、浅彦の膳からいわしの煮つけを取り上げて一之助の膳に置く。

「わーい」

一之助は目を輝かせて、いわしを口に放り込んだ。彼は骨まで食べられるほど柔らかく煮込んだこれが大好物なのだ。

「あっ……最後に取っておいたのに」

あからさまに肩を落とす浅彦は険しい顔。無論八雲は、浅彦が好きなものを最後に残しておくのを知っていた。

「浅彦さん、よろしければどうぞ」

あまりに残念がる浅彦が気の毒で、千鶴が自分のいわしを差し出すと、八雲が止める。

「千鶴は自分の分は自分で食べなさい。浅彦は食べなくてもどうにでもなる」

たしかに、死神は食事をとらなくても生きていける。ただ、もとは人間である浅彦は料理のおいしさや、こうした団らんの楽しさを知っている上、なかなかの食いしん坊。千鶴がこの屋敷に来てから食事の時間を首を長くして待っているので、少し不憫《ふびん》だ。

「八雲さま。私は本当のことを言っただけ——」

「昼も夜も抜くのか？」

「もう黙ります」

神妙な面持ちで口を真一文字に結んだ浅彦を見て、千鶴は噴き出した。

はぁ、と盛大な溜息をつく浅彦は、仕方なさそうに玉ねぎのみそ汁を口に運ぶ。そんな浅彦をちらりと視界に入れた八雲は、次に千鶴に視線を送り、小さく首を横に振っている。おそらく、腹の子のためにしっかり食べろと言いたいのだろう。

千鶴のお腹《なか》に子が宿っていると翡翠は言い捨てて消えた。それに、月のものが遅れている。けれど、月のものが遅れることはこれまでもあったため確実に子ができたとは言えず、近いうちに産婆のところに行こうと思っている。

一之助にはそれから伝えようと八雲と話し合った。彼がどんな反応をするのかわからないけれど、小さな体でたくさんの悲しみを経験してきた彼の感情を、持ち上げたり落としたりするようなことは避けたかった。

「浅彦さま、どうかしたの？」

すっかりいわしを食べ終わった一之助が、まったく空気を読まずにとどめのひと言。さすがに八雲もおかしかったらしく、口元を押さえて笑っている。こうして感情をあらわにする八雲が、千鶴は好きだ。

「もう余計なことはしゃべらないぞ。これ以上減ったらたまらない」

「賢明だ、浅彦」

茶化す八雲がおかしい。

千鶴に人間としての平凡な幸せをと考えた八雲の優しさからとはいえ、屋敷を追われて苦しんだが、再び手にした幸福は千鶴を笑顔にした。

その晩も、湯浴《ゆあ》みをして身を清めた八雲と浅彦は、死者台帳に則《のっと》り死者を黄泉《よみ》へと導く儀式のために小石川《こいしかわ》へ向かう。

「千鶴。体を冷やしてはならんぞ」

「承知しました。行ってらっしゃいませ」

ふたりを玄関で見送る千鶴は、八雲の過剰な心配を微笑《ほほえ》ましく思った。

千鶴がこの屋敷を訪れるまで、自分の痛みや苦しみにすら気づいていなかったというのに、今はもしかしたら人間よりも心の機微に敏感のような気さえする。

そんな八雲が、儀式において苦しみを背負うようなことがあるのではないかと、千鶴はずっとやきもきしていた。

しかし彼は翡翠に、『たとえつらいと思うことがあれども、それ以上の温かな感情を知っていれば乗り越えていける』ときっぱり言った。

それならば、死神の妻として自分が八雲を支えるだけだ。

千鶴はそっとお腹を押さえて改めて覚悟を決める。

翡翠が大主《おおぬし》さまだと判明し、子を奪おうとしていると知ったときは激しく動揺した。そして、裏切られたという思いを抱いて悲しんだり、自分の浅はかさにあきれたりもした。けれど今は、八雲とともに幸福な未来をつかむのだという気持ちしかない。

「あなたが強くしてくれたのよ」

千鶴はお腹に話しかける。

まだはっきりとわかっていないとはいえ、守るべき存在ができたかもしれないと考えるだけで、肝が据わってきた。

翡翠がこの先なにを仕掛けてこようとも、自分たちの子を守り抜くだけ。

ごく単純で、しかし強い思いはこの先なにがあっても変わらないだろう。

八雲が言った通り、今晩は少し冷える。

夜空に浮かぶ月がいつもより明るく見えるのは空気が澄んでいるからだろうか。それとも、千鶴の心が弾んでいるからか。

強く望んだ八雲との子が宿っているとしたら、生贄《いけにえ》となり絶望いっぱいで神社に足を踏み入れたことですら運命だったと受け入れられそうな気がするのだ。

「八雲さま」

青白い光輝を放つ月に向かって八雲の名を口にする。

死神と人間。

出会ったあの日からいくつもの奇跡を重ねてここまでやってきた。ひとつでも歯車が嚙《か》み合わなければ、千鶴はここにいなかったかもしれない。

「おかえりをお待ちしております」

千鶴にできることは少ないけれど、八雲と同じ未来を見ていられる幸せを大切にしながら、この先も歩んでいこうと決意した。

◇　◇　◇

小石川に赴いた八雲は、古びた長屋に視線を送り浅彦に言った。

「齢《よわい》十七ですか。痛ましい」

浅彦は深い溜息をつきながら顔をゆがめている。

死者台帳に四半刻《とき》ほどあとの死の時刻が示されているのは、千鶴やすずと同世代の女だ。

「浅彦。あの家だ」

浅彦は、千鶴の支えもあり随分強くなった。

すずといつか再会できると信じて精進するようになってからは、理不尽な死に激しく憤ったり男女の情のもつれに顔を背けたりなど、取り乱す機会がぐんと減ったのだ。

そもそも死神として生まれてきたわけではない浅彦は、千鶴に出会うまでの八雲のように感情を取り上げられてはいなかった。だから、人間と同じように心が揺れるのは仕方がないところがあったのだが、最近は見ているのが苦しくなるような最期があっても現実を受け止め、死神の役割をしっかりまっとうするようになっている。

とはいえ、若い者の旅立ちに気分が沈むのはどうしようもないものらしい。たとえそれが決められていた運命だと知っていても。

八雲も顔に出しはしなかったものの、胸を痛めていた。

これが感情を知ることの代償だろう。

千鶴のおかげで遠い昔に置いてきた感情がどんどん戻ってきているのだ。

八雲は、十七どころか一之助くらいの年頃の子供や赤子の旅立ちに何度も立ち会ってきた。しかし今回はかなり気が重い。

「労咳《ろうがい》……。三条《さんじょう》紡績の工員でしょうか」

千鶴が死神の生贄となるまで使用人として働いていた三条家が営む三条紡績は、綿糸や綿布の輸出が好調のようで繁盛している。

「このあたり一帯は、三条紡績に出稼ぎに来た工員の住居だから、そうだろう。紡績工場の環境はよいとは言い難いしな」

このくらいの若さで労咳となると、紡績工場で働いていた工員であることが多い。紡績工場は熱湯を使用するため常に湿度が高く、水蒸気が発生する。そのため、工員たちは雨に打たれるような環境の中での作業を強いられる。

その上、二交代制で深夜も働いているため体が弱り、若くしてバタバタと倒れていくのだ。

中には労働環境のよい紡績工場もあるようだが、三条紡績は決してよいとは言えない。それでも貧しい農村から出稼ぎに来る女は絶えず、八雲も浅彦もしばしば労咳で旅立つ者を見送っている。

「参るぞ」

八雲が促すと浅彦は大きくうなずいて続いた。

間もなく旅立つ周子《しゆうこ》は布団にくるまり、激しい咳《せき》のせいで顔を真っ赤にしていた。喉をかきむしった跡があるのは、おそらく息苦しいからだ。頬はこけ、肌はかさつき、十七歳のみずみずしさというものはまったく感じられない。ひと目で病に苦しんできたとわかる状態だった。

家族のために出稼ぎに来てひとりで寂しく最期を迎えるとは、なんとも痛ましい。

八雲は鬱々《うつうつ》とした気持ちを抱えながら近づいていく。

「周子」

声をかけると、荒々しい息を繰り返す周子は八雲に視線を向けた。

「私は死神。あなたを黄泉に導くために来た」

そう伝えると、周子の目から涙があふれる。

「早く……早く殺して」

かさつき、血がにじむ唇を懸命に動かす彼女の意外な懇願に、浅彦と顔を見合わせる。

「早く？　なぜだ？」

「もう……治ら……ないんでしょう？　毎日毎日働いて、まだ苦しいなんて……」

激しい咳の合間に必死に言葉を紡ぐ周子は、涙を浮かべて訴えてくる。病の苦しさから逃れたくてたまらないようだ。

「残念だが、もう少しであなたは黄泉へと旅立つ。よく頑張った」

紡績の仕事も闘病も、必死に頑張り続けただろう彼女が死を望む姿は不憫でたまらない。しかし、これが現実だった。

「……頑張っ、た？」

苦しいのか喉元を押さえる周子は、聞き返してくる。

「出稼ぎに来ていたのだろう？　あなたのおかげで家族は助かったはずだ」

「違う。働かなければ生きてこられなかった……だけ」

おそらく彼女は、家族のためでもあるが、自分が生きていくために工員としての過酷な人生を選んだのだ。

たった十七年しか生きていない若い人間が、こうして絶望の言葉を口にするのが八雲には苦しかった。とはいえ、黄泉へと導くことだけが役割の死神には、どうすることもできない。

「あなたの言う通りかもしれないが、家族は感謝しているはずだ。あなたが必死に生きた姿は周囲の者の心にしかと映っているはず」

懸命に生きる姿は、必ず周りの人間に影響を与えている。

死を覚悟して神社を訪れた千鶴のまっすぐで清らかな心は、八雲を揺さぶった。善人に交われば感化されて善人になるとも言うが、八雲が感情を取り戻し始めたのも、千鶴に感化されたからだろう。

それと同じように、周子に影響を受けた仲間がいてもおかしくはない。

「友達や家族なんてどうでもいい。私だってもっと……」

涙をあふれさせる周子は、そこで言葉を濁す。

「もう最後だ。なんでも吐き出すがいい」

八雲が声をかけると、周子は激しくむせび泣く。

「私、はいい子……なんか、じゃない。仕事なんて放りだして、好きなように生きたか……」

話し終える前に激しい咳とともに血を吐いた周子の顔から、生気が消えていく。もう時間がない。

「それでいい。やはりあなたはよく頑張った。次の世では自分のために生きなさい。

安らかに」

八雲は周子の額に手を伸ばして印をつけ、長屋をあとにした。

「彼女は、弱音を吐いてはいけないと思っていたのでしょうか」

隣を歩く浅彦が、月を見上げて無念そうに言う。

「吐けなかったのだろうな。〝家族のために身を粉にして働く立派な娘〟という立場に雁字搦《がんじがら》めになっていたのだろう。ただ、それが一概に不幸だとも言えない」

「どうしてですか？」

首をひねる浅彦に、歩みを止めた八雲は答える。

「誰しも自分の思うままに生きられたら楽しいだろう。しかし、大切な者のために奔走する時間が無駄だとは思えない。周子も好きなように生きたいと思う一方で、家族のために日銭を稼ぐ自分が嫌いではなかったのではないか？　本当に家族のことがどうでもよければ、逃げていたはずだ」

浅彦は納得したのか小さく二度うなずく。

「ただ、周子に感謝の気持ちを伝える者が近くにいなかったのだろう。家族のために自分の自由を犠牲にして働いていたという虚《むな》しさばかりが強く心に残ってしまった」

八雲の勝手な憶測ではあるが、外れてはいない気がする。感謝の言葉をもっともらっていれば、同じ人生でも充実していたと感じられたのではないかと。

「そう考えると、誰かが周子を気遣ってやれば、彼女の人生はもっと満ち足りたものになったのかもしれませんね」

「そうだな」

八雲が再び足を踏み出そうとしたそのとき、なぜか浅彦が前に立ちふさがった。

「なんだ？」

「ですが、私は許しませんよ」

「なんのことだ」

なんの話なのかさっぱりわからない。

八雲が問うと、浅彦はかすかに笑みを浮かべて口を開く。

「私は八雲さまのように、優しくも器が大きくもございません。八雲さまが周子に最後にかけられた、『よく頑張った』というような気の利いた言葉も、とっさには出てきません」

「だから、なんなのだ」

遠回しな言い方をされ、もどかしい。

たしかにあれは、周子のこれまでの人生をねぎらいたくて出た言葉だったが、それがなんだというのだろう。

「千鶴さまのためならば幽閉もいとわない。そう思う自分が嫌いではない」

浅彦は、まるで八雲がそう考えているかのように語る。それが実に的を射ていて、八雲は目を泳がせた。

「残された者の気持ちはどうなるのですか？　八雲さまは私や竹子《たけこ》さまの気持ちをご存じのはずです」

すずを失ったあとの浅彦の消沈も、長い年月を経ても浅彦の心に突き刺さったままの棘《とげ》も、目の前で見ているから嫌というほど知っている。

それに、気丈に振る舞う竹子が、我が子や夫である死神の和泉《いずみ》を失い、どれほどの苦痛を味わっているのかも。

「千鶴が悲しむと？」

「その通りでございます。いえ、八雲さまがご自分を犠牲にされたと知れば、お怒りになるかも。千鶴さまに嫌われたいですか？」

浅彦の言い方は癪《しゃく》に障るが、千鶴の性格をよく知っているなと感心もする。もし自分が千鶴のために黙って犠牲になれば、ひどく悲しむのと同時に憤慨もするだろう。

勝手にひとりで突っ走るなと。

「千鶴は私を嫌ったりはせぬ」

「それは失礼しました」

くすりと笑みを漏らした浅彦は、ようやく隣を歩き始めた。

「お前が言ったのだぞ」

「私が？　なんでしたでしょう」

「言葉が足らないと。千鶴になにも話さずに勝手な行動はせぬ」

こんなことを明かすのは妙に気恥ずかしい。しかし、浅彦が自分たちのこの先について真剣に案じているのだと伝わってくるので、正直に告白した。すると浅彦の顔にたちまち喜びが広がる。

「そうでしたか。八雲さまがそのように素直になられるとは。感激の涙が――」

「お前は口がすぎる。黙って歩け」

「す、すみません。調子に乗りました」

八雲は浅彦の発言を遮ったが、もちろん怒っているわけではない。こうして、少々うるさくもあるが素直でまっすぐな従者がいることのありがたみを、千鶴に出会ってから余計に感じているからだ。

言葉を交わす機会が増えれば増えるほど、浅彦の実直さや自分への気配りをひしひしと感じ、感謝している。

「まあ、お前もよく頑張っている」

八雲がそう漏らしたのは、周子の寂しい最期を見届けたところだからだ。浅彦は死ぬことはないが、この先強く生きていくためにこの言葉が役立つのならと考えた結果だった。

「八雲さま。今、なんと？　もう一度」

あんぐり口を開けて再び足を止めた浅彦が、期待いっぱいの眼差《まなざ》しを向けてくる。

「二度と言わぬ」

「残念です」

聞こえていたくせして、もう一度とは。それほどうれしかったのかもしれないが。

八雲が拒否すると、浅彦はあからさまに肩を落とした。

「あっ！」

あきらめて進み始めた浅彦は、唐突に小さな声をあげる。

「そういえば、腕のいい産婆が見つかりました」

「お前は……。どうしてそういう大切なことを先に言わないのだ！」

小石川の三条家では、千鶴は生贄となって死んだと思われている。唯一事情を知る娘のひさは、想い人《おもいびと》と一緒になり、今は別の土地で暮らしているとか。そのため、ひさを頼るわけにもいかず、安易に小石川をうろつけない。だから浅彦に探させていたのだ。

「申し訳ございません」

「それで、どこだ？」

「それが……牛込《うしごめ》でして」

牛込とは。死神・松葉《まつば》がつかさどる地域だ。

「よりによって……」

「そうなんですが、産婆はそれほど数が多くない上、出産は命がけです。いくら千鶴さまの死期が近くないとわかっていても、なにかあってはまずい。その牛込の産婆は、産婆養成所で西洋助産学を学んでいて、評判が高いそうなのです」

おそらく浅彦は、様々な情報を集めて回ってくれたはずだ。その結果、その産婆がいいと判断したのだろうから従うべきだろう。

「そうか。手間をかけさせたな」

「手間なんかではございません。私も楽しみで、八雲さまがふとした瞬間に頬を緩めていらっしゃる気持ちがよくわかりま――」

「お前はひと言どころかふた言多い」

千鶴の腹におそらく子が宿ったと知り、浮き立っているのは認める。しかし頬が緩んでいるとは。そんなつもりはまったくないのだが、浅彦はそうした観察眼は鋭いので間違いでもないのだろう。

とはいえ、きまりが悪くて制した。

「申し訳ございません。少し浮かれていますね、私」

どうやら浅彦も、自分と同じように千鶴の懐妊を信じ、喜んでいるようだ。

足早に屋敷に戻ると、千鶴が出迎えてくれた。

「寝ていればいいと言ったではないか」

「ですが、足音で起きてしまいましたので」

優しい笑みをつけてそう言う千鶴が心配でたまらない八雲は、すぐさま奥座敷へと連れていき、布団に横たわらせる。

「着替えをお手伝い――」

「私は一之助ではない。ひとりでできるぞ」

「そうですが」

くすくす笑う千鶴が、この先も笑顔でいられるようにしなければ。

着物を着替えて千鶴の隣に潜り込み、抱きしめる。

「体は平気か？」

「少し熱っぽい気もしますけど、大丈夫ですよ。悪阻《つわり》がひどくなったら、八雲さまがおろおろされる姿が目に浮かびます」

その通りで言い返す言葉もない。

「ですが、そうした試練を乗り越えて母になるのです。私は恐れてはおりません。どうか八雲さまも、いつも通りに」

いつの間にこれほど強くなったのだろう。

八雲は動じない千鶴に驚いていた。

「そうか。私は弱いのだな」

「そうではございません。八雲さまは、出産をよくご存じないから不安なだけですよ、きっと」

八雲とて、出産をまったく知らないわけではない。出産のときに亡くなる赤子も母も何度も見送ってきたからだ。

正常な分娩《ぶんべん》のときは死神に出番はないため、八雲の印象に残っているのは、死産や母親が亡くなるところばかり。だから、出産は怖いものだという気持ちが先立つのかもしれない。

「それに、せっかく私たちのところに生まれてきてくれるのですから、どうせなら不安より幸せを感じていたいじゃありませんか」

「そうだな」

やはり千鶴は強くなった。翡翠の残した不気味な言葉が気になっていないわけがないのに、『不安より幸せ』と言えるのがその証拠だ。

「浅彦が、産婆を探してくれた。ただ、牛込なのだが……」

松葉につらい思いをさせられた千鶴は拒否するのではないかと様子をうかがうと、

意外にも口元を緩ませている。

「受け入れてくださるところがあれば安心です」

「しかし牛込は嫌ではないのか？」

八雲は率直に尋ねた。

「松葉さんを気にされているのですか？　たしかにあのときは怖かったですし、今でも目の前に現れたら顔が引きつると思います。ですが、ぶっきらぼうで乱暴でも、根っからの悪者ではない気がして」

そういえば、松葉の屋敷から救い出したときも、千鶴は松葉をかばうようなことを口にした。彼女の優しさから出た言葉なのはわかっているが、本音なのだろうか。

「本気でそう思っているのか？」

「はい。本当に冷酷で心ない死神であれば、私をすぐさま傷つけたはず。他の死神に慕われる八雲さまへの嫉妬や、人間には媚《こ》びないという彼なりの死神像のようなものがあって、意見が合わない八雲さまを困らせたかったのでしょうけど、結局は帰してくれましたから。きっと反省もされたと思います」

あれほど怖い目に遭ったのに、寛大な考えに驚く。

しかし、翡翠の強い気を感じてそれを知らせに来た松葉は、たしかにあのときのことを悔いているような気もする。そうでなければ、なにがあろうが放っておくに違いない。

「そうか。それならば明日にでも行こう」

「一緒に行ってくださるのですか？」

「迷惑か？」

『心配でとても待ってはいられそうにないのだ』という言葉を呑《の》み込んだ八雲は、平然とした顔を作って問う。

「いえ、うれしいです」

千鶴の顔にたちまち喜びが広がり、八雲はなんとなく照れくさいような気持ちになる。

「人間の男性の中には、出産は穢《けが》れるものだと思っている人もいるようですし、女の仕事だからと興味を持たない旦那さまもいるようで」

「まさか」

大切な命を生むのに、穢れとは。

人間の考えがよく理解できない八雲はしばし放心した。

「八雲さまは、人間より慈悲深い死神さまですね。感情をなくしていたなんて信じられません」

「そうか、感情か……」

千鶴の体調を心配し、本当に子が宿っているのかとそわそわする。

感情の波が大きくなってから、心臓が締めつけられるように苦しくなることもあるが、それは喜びと表裏一体であり、千鶴との未来に期待を抱ける今のほうがずっといい。

八雲の心は千鶴に出会ったばかりの頃より確実に豊かになっている。

「子ができていたら、一緒に喜びましょうね」

「そうだな。楽しみだ」

心が躍るという経験ができるのも、千鶴のおかげだ。

八雲はそんなことを考えながら、目を閉じた千鶴を抱きしめ直した。

◇　◇　◇

八雲と向かった牛込のはずれにある産婆の家は、長屋の一角にあった。

「それでは、診てみましょう」

竹子より少し若いと思われる産婆は、白髪交じりの髪ではあるが背筋はしゃんと伸びていて、丸眼鏡が印象的。知的な雰囲気が漂う女性だった。

千鶴は八雲とは別の部屋に通されて問診されたり、脈をとったりなど診察された。

「旦那さんもどうぞ」

診察のあと八雲を呼んだ産婆は、八雲に座布団を勧めてから話し始める。

「おそらく懐妊で間違いないでしょう。少し熱っぽいのはそのせいだね」

「ありがとうございます」

安心したように頬を緩める八雲の口からするっと飛び出した感謝の言葉に、千鶴は目頭が熱くなった。

「よかったな、千鶴」

八雲は千鶴の肩を抱き、白い歯を見せる。感情が戻ってきているとはいえ、これほどあからさまに喜びを表す姿は珍しい。

「はい。本当に」

ようやく大切な人の子を身ごもることができた感動と、八雲のうれしそうな顔が見られた幸せ。

まだこれからではあるけれど、小さな命を大切に育むつもりだ。

「それで、嫁さんはここで生みたいとおっしゃっているけど、本気なの？」

「そうしていただけると助かります」

理由は濁して八雲が頭を下げる。普通は自宅に産婆を招いてお産をするからだ。しかしまさか死神の館に足を運ばせるわけにはいかない。

「なんにせよ子を無事に生むことが最優先ですから、引き受けましょう。姑《しゅうとめ》さんがきついお方かな？　時々いるんだよね。必死に陣痛に耐えてるのに、声を出すなと罵倒してくる姑さん。自分が出産したときのことなんて忘れてるんだから、質《たち》が悪い」

産婆が快諾してくれたので、胸を撫《な》で下ろした。

牛込からの帰り道。

目立たぬよう小石川の手前で人力車を降りた八雲は、心なしか足の運びがゆっくりだ。おそらく千鶴を気遣い、歩幅を狭めているのだろう。

「よかった」

千鶴が下腹部に手をやりつぶやけば、八雲は目を細めてうなずく。

「大切に育てなければな。千鶴」

突然千鶴の腰を抱いた八雲が足を止め、顔を覗《のぞ》き込んでくる。

「はい」

「私にこの上ない喜びを、ありがとう」

「そんな……。私こそ」

改めて喜びを嚙みしめると、視界がにじんでくる。

ここまで長かった。とはいえ、ようやく出発点に立てただけ。これから乗り越えるべき大きな壁がある。けれど、八雲と一緒なら必ず幸福にたどり着ける。いや、たどり着いてみせる。

「千鶴が私に感情を思い出させてくれなければ、こんな気持ちにはなれなかった。それについても感謝している」

「はい」

八雲を見上げて返事をした瞬間、感激の涙が一筋頬を伝う。すると八雲は大きな手でそれをそっと拭った。八雲はもう、うれしくても涙が出るものだと知っている。

死神の感情を揺さぶり起こすのが正しいのかと悩んだこともある。でも、八雲の柔和な笑みを見ていると、それは杞憂《きゆう》だったと確信した。

「さて、一之助はなんと言うだろう」

「喜んでくれるといいな」

弟か、はたまた妹か。一之助はどちらを望むのだろう。

血のつながりはないとはいえ家族の一員の彼は、弟か妹を大切にしてくれる気がしている。とても優しい子だからだ。

「それでは急いで帰ろう」

「そうですね。ですが……あちらの道を行ったほうが早いかと」

八雲が進む方向は、小石川の神社に通じてはいるが遠回りだ。毎日のように小石川で儀式を行う八雲は道に詳しいと思っていたが、牛込はよく知らないのかもしれないと伝えた。

「今、労咳で倒れる者が続いているのだ。万が一を考えて近づかないほうがいい」

「三条の工員さんですか？」

あちらの方向には三条家が所有する長屋がある。そこに地方から出てきた工員が大勢いると千鶴は知っていた。

眉をひそめてうなずく八雲は、そっと千鶴の背を押して歩みを促す。

紡績工場の工員といえば、自分と同じくらいの年頃の女性ばかりだ。八雲が労咳の蔓延《まんえん》を知っているということは、亡くなる者が多数いるのだろう。

改めて、生きていることのありがたみを嚙みしめる。

「生きられる者は、精いっぱい生きなければなりませんね」

「そうだな。だが、千鶴はもうおとなしく寝ていてくれ」

眉をひそめる八雲は、そう訴えてくる。

「生まれるまで十月《とつき》もあるのですよ？　寝てばかりでは退屈です」

どうやら心配性の死神をはらはらさせているようだが、さすがにずっと寝ているわけにはいかない。

「それもそうだが……」

毅然《きぜん》と死にゆく者に対峙《たいじ》する死神とは思えない困惑した表情を浮かべる八雲がおかしくて、千鶴は笑みをこぼした。


屋敷に戻ると、庭で遊んでいた一之助が駆け寄ってきた。

「千鶴さまぁ、おかえりなさい」

「ただいま。おせんべいを買ってきたのよ。手を洗って食べましょうね」

牛込の商店で手に入れたお土産を見せると、一之助は目を輝かせる。

「はーい」

彼は高らかに返事をしてすっ飛んでいった。

「千鶴さま」

一之助に付き合って遊んでいたらしい浅彦が、緊張を孕《はら》んだ声をあげる。きっと、診察の結果が気になっているのだ。

千鶴が笑顔でうなずくと、目を大きく見開いて白い歯を見せた。

「それは……おめでとうございます」

「ありがとうございます。浅彦さん、いろいろお手伝いをお願いすると思いますけど……」

「お任せください。ああ、幸せだ」

自分のことのようにしみじみと漏らす浅彦が、これほど喜んでくれるとは。

「まるでお前が父親のようだな」

「いいじゃないですか。幸せのおすそ分けくらいくださいよ」

八雲に笑われた浅彦は、口を尖《とが》らせる。

「もちろんだ。お前も私たちの家族なのだからな」

八雲の言葉に千鶴もうなずいた。誰ひとりとして血のつながらない不思議な関係だけれど、どんな家族より絆《きずな》は強い。

「はい。お茶を入れてまいります」

「頼んだ」

浅彦は軽快な足取りで屋敷に入っていった。

座敷で大きなせんべいを頬張りだした一之助に、八雲が優しい視線を送る。それこそ父親のようだ。

「一之助」

「なあに？」

ポリポリと音を立てながら咀嚼《そしゃく》する一之助は、一旦食べる手を止めた。

「千鶴のお腹に命が宿った」

「命？」

「赤ちゃんが来てくれたのよ」

一之助の隣の千鶴がわかりやすく嚙み砕くと、彼はきょとんとしている。

その様子を見て、一瞬緊張が走る。喜んでくれると思い込んでいたが、嫌なのだろうか。

「赤ちゃん？」

「そうだ。一之助に弟か妹ができる」

「僕に？　本当!?」

いまだ不思議そうではあるけれど、一之助が興奮気味に歓喜の声をあげるので安堵《あんど》した。

「本当よ。一之助くんはお兄さんになるのよ。でもね、生まれてくるまでお腹で大切に育てないといけなくて、一之助くんにもいろいろ我慢してもらったり、お手伝いをしてもらったりしないといけなくなるの」

悪阻が始まったり、お腹が大きくなったりすれば、今まで通り一緒に遊べない。きっと我慢もさせるだろうとあらかじめ伝える。

「いいよ。僕、頑張る！」

「頼もしいな、一之助。千鶴のお腹の中の子は、きっと一之助に会えるのを楽しみにしている」

八雲がにこやかに言うと、一之助は笑顔でうなずく。

「僕も楽しみだよ！　ねぇ、千鶴さま。赤ちゃんはどうやったらおせんべい食べられるの？」

自分がかじっていたせんべいを千鶴の腹の前に出す一之助がかわいくてたまらない。

「優しいのね。でも、赤ちゃんはまだ食べられないのよ」

「なんだぁ。お腹空《す》かないのかな？」

「千鶴さまが食べた栄養が赤ちゃんに行くから大丈夫だ。一之助、私と一緒に千鶴さまの手伝いをしような」

「はい！」

浅彦が口を挟むと、一之助は大きな声で返事をした。


「千鶴さま、千鶴さま！」

その日の夕方。庭で走りまわっていた一之助が、突然降りだした強い驟雨《しゅうう》に慌てて、草履を脱ぎ散らかしたまま縁側に駆け込んできた。

千鶴が膝をついて迎えると、思いきり胸に飛び込んでくる。甘えん坊なところはいつまで経《た》っても健在だ。もちろん、それがかわいくてたまらないし、いつかこんなふうに甘えてもらえなくなる日が来ると思うと、もう寂しい。

「着物が濡《ぬ》れてしまったわね。着替えましょうね」

「来たー！」

一之助が小さな手で両耳を押さえるのは、かすかにゴロゴロという雷鳴が聞こえたからだろう。

「一之助。千鶴の腹には子がいると話しただろう？　乱暴に抱きついてはならん」

千鶴たちの様子を見ていた八雲は、一之助を抱き上げて叱った。

「ごめんなさぁい」

八雲に叱られてしょげる一之助は、まだ幼い。すぐに今までの行動を改めるのは難しいはずだ。

「私も気をつけているから大丈夫よ」

「ならん。もうお前だけの体ではないのだ。細心の注意を払え」

心配やらあきれやらが入り混じった難しい顔で八雲は言うが、少し心配しすぎだと千鶴は思う。もちろん嫌なわけではなく、八雲の慈愛に満ちた苦言はとてもありがたいのだが。

「申し訳ございません」

謝ると、八雲は満足そうにうなずいた。

過保護なところはあるけれど、それだけ子の誕生を待ち望んでいるのだと思えばうれしくもある。

そのとき、再びゴロゴロという音が聞こえてきた。

すると一之助は片手で八雲にしがみつき、もう片方の手で今度はお腹を押さえ、今にも泣きそうな顔をしている。

「雷雲が近づいてきそうだから、しばらくは激しく降りそうだ。一之助、そんなに怖がらなくていい。家の中ならば安全だ」

厚い雲に覆われて薄暗くなった空を見上げる八雲は、濡れた一之助の頭を撫でながら言った。

「嫌ぁ」

雷が苦手な一之助は慰めの言葉など右から左のようで、八雲の首に一層強く抱きついて離れようとしない。

「とにかく濡れた着物を着替えなければ風邪をひく。浅彦」

八雲が声をあげると、すぐに浅彦が姿を現した。

「なんでしょう」

「一之助の着替えを頼む」

「承知しました」

八雲がこうして一之助の世話を浅彦にすべて振るのは、千鶴の体調に配慮しているからだ。といっても、多少気だるいだけで悪阻をはじめとする体調の変化がない千鶴は、仕事を取り上げられたようで少し寂しくもある。

「千鶴は濡れてはいないか？」

八雲は千鶴の髪にそっと触れたあと、その手を頬にも滑らせた。

もう何度もこうして触れられているのにいちいち鼓動が速まるのは、彼の優しさが伝わってきて心地いいからだ。

千鶴が八雲の手に手を重ねると、彼はうれしそうに微笑んだ。

感情がどんどん豊かになる死神は、もう人間とさほど変わりないように見える。

「特に冷えてはいないな」

「私は外にはおりませんでしたので、大丈夫……あっ！」

そのとき、薄暗い空が一瞬明るくなった。

「キャアア！」

浅彦に連れられて奥座敷に向かった一之助の悲鳴が耳に届き、八雲と千鶴は顔を見合わせる。

「本当に嫌いなのだな」

「大人でも心地いいものではありませんから。それに……」

千鶴がその先を言い淀《よど》むと、八雲は首を傾《かし》げる。

「どうかしたのか？」

「以前、雷鳴が聞こえてきたときに、家の中に入るように促したのですが、雨が降っていないからと嫌がったんです。そのとき浅彦さんが、雷さまはへそを食べに来るんだぞと教えたので……」

「それで腹を押さえていたのか。知らなかったな。雷は人間のへそを食べるのか？」

八雲が真顔で尋ねてくるので、千鶴はくすりと笑った。

「いえ、昔からの言い伝えで、本当に食べに来るわけではありませんよ。雨が降りだすと急に気温が下がりますから、お腹を冷やさないようにするために子供たちにそう言い聞かせたらしいです」

昔、母がそう教えてくれた。

真っ暗な空に稲妻が走り、耳をつんざくような不快な音がするたび、弟の清吉《せいきち》と抱き合って怖さを紛らわしたものだ。

「なるほど。人間はいろいろと考えるものだな。それで素直に家の中に入るのならば嘘《うそ》も方便なのか……。いや、あれほど怖がらせてもよいものなのか……」

真剣に考え始めた八雲は、とても真面目な死神だ。おそらく自分たちの子が生まれたあとのことまで考えているのだ。

「八雲さま、そんなに心配なさらなくても子供は育ちます。愛情をたっぷりかけてあげればきっと大丈夫」

千鶴も初めての子なのだから、正しい子育てなんてわからない。

しかし八雲は、輪をかけてわからないのだろう。なにせ、死神の育児の手本などどこにもないからだ。

「一之助くんのところに行ってまいりますね」

「ああ、頼んだ」

千鶴は八雲と別れて奥座敷へと足を向けた。

雷鳴が一層激しくなり、一之助は千鶴にしがみつく。千鶴はじっとりと汗をかきながら険しい表情を浮かべる彼をなだめた。

「大丈夫よ。雷さまは家の中までは入ってこないの」

「本当に？」

「ええ、本当よ。それに、いつも八雲さまや浅彦さんが守ってくださるでしょう？」

「そっか」

素直にうなずく一之助に、ふたりの愛情が伝わっていると感じる。

「千鶴さま。八雲さまは赤ちゃんのおへそも守ってくれる？」

「もちろんよ。赤ちゃんの心配をしてくれるのね。優しいわね」

「だって、お兄さんになるんだもん」

自慢げにそう口にするわりには、表情が曇っている。

もしかしたら先ほど着替えのときに、浅彦がそう言い聞かせたのかもしれないけれど、突然兄になるからしっかりしろと言われても無理だ。特に一之助は、本当の両親のもとで注がれるはずだった愛情が不足しているのだから、まだまだ甘えたりないはず。

「そうね。でも、一之助くんも甘えてもいいからね」

「いいの？」

千鶴の推測は当たっていたらしい。一之助の表情が途端に明るくなった。

「もちろんよ」

そういえば千鶴も、清吉が生まれたときはうれしかった一方で、母をとられたような虚しさもあったと思い出した。

もちろん千鶴も大切にしてもらえたのだが、乳飲み子《ちのご》はなにかと手がかかり、母が絶えず清吉のそばにいたため、蚊帳《かや》の外に置かれた気持ちになったのだ。母の忙しさも察知していた千鶴は、誰に言われたわけでもなかったけれど〝姉だから〟と必死に我慢したこともあった。

育児はきっと一筋縄ではいかないだろう。しかし、一之助が寂しい思いをするのだけは避けたい。

ただ……その前に解決しなければならない大きな問題がある。

そのとき、薄暗い部屋にピカッと閃光《せんこう》が差し込み、同時にスドォンという途轍《とてつ》もなく大きな音が鳴り響いた。

「怖い、怖いよ……」

途端に顔色をなくした一之助が、強くしがみついてくる。するとバタバタという廊下を駆けてくるような音がして、障子が開いた。そろそろ儀式の準備をしていたはずの八雲だ。

彼は部屋の中に入ってくると、千鶴ごと一之助を抱きしめた。

「お前たちは私が守る。心配は無用だ」

千鶴は八雲の温かい言葉に胸がいっぱいになる。

八雲は最近、優しさや思いやりを隠すことなく表すようになった。おそらく、感情を持つということにためらいがなくなったのだろう。

感情があるのは、やはり素晴らしいことだ。これほど幸せな気持ちになれるのだから。

この子から、絶対に感情を奪わせない。

千鶴は気持ちを新たにした。

驟雨は四半刻ほどで収まり、次第に雷鳴も遠くなっていった。

八雲たちの出立が心配ではあったけれど、あの強い雨が嘘のように空には星が瞬き始めている。

「それでは行ってくる」

「はい、お気をつけて」

玄関に正座をしてふたりを見送る千鶴の隣には、一之助の姿。

「行ってらっしゃい」

千鶴の真似《まね》をしてちょこんと頭を下げる一之助は、すっかり元気を取り戻した。

死神の絆は端緒を開く

牛込の産婆から懐妊を告げられたとき、八雲は照れくさいような、それでいて大声で喜びを叫びたいような、なんとも言えない気持ちに包まれた。

心臓が激しく打ちだし、なぜか呼吸が浅くなり、全身が熱を帯びるような不思議な感覚は初めて経験したものだった。

千鶴にはいろいろな感情を教えられてきた。悲しくてもうれしくても涙は流れるものだと知ったし、誰かを愛《いと》おしく思えば思うほど胸が苦しくなるのも知った。

しかし、それらとも違う情動が心の奥のほうから湧き起こり、落ち着きなく何度も瞬《まばた》きを繰り返した記憶だけはある。

どんな死に対峙しても、こんなふうに自分を見失うような取り乱し方をした覚えはないのだが、喜びが突き抜けると頭が真っ白になり、心だけでなく体までもが反応するとわかった。

千鶴は、永遠に生きる死神の感情を揺さぶり起こしたことに少々後悔のようなものがあるらしいが、これほどの多幸感に包まれるならば苦しみや悲しみを感じたとしても必ず乗り越えていける。

すずをなくした浅彦も、自分の子ではないのに満面の笑みを見せる。つらいことばかりではないとわかったはずだ。

すさまじい閃光と乾いた雷鳴が屋敷に響いたとき、とっさに千鶴と一之助のもとへと走ってしまった。

子を授かったとわかってから、千鶴や一之助を自分が守るのだという気持ちが日に日に大きくなっていくのがわかる。

生まれたばかりの赤子はもっと無防備だ。当然逃げることも隠れることもできない存在。千鶴は間違いなく命をかけてでも守り通すつもりだろう。

しかし、千鶴も含めて笑顔で過ごせるようにするのが、夫であり父でもある自分の仕事だ。

「浅彦」

旅立つふたりに印をつけ終わったあと、小石川の外れで浅彦を呼び止める。

「はい、なんでしょう」

「明日、竹子のところに行ってくる。和泉の、いや翡翠の手がかりが欲しいのだ」

千鶴の懐妊を告げた翡翠は、あの日を境にまったく姿を現さなくなった。といっても、虎視眈々《こしたんたん》と子を連れ去る機会をうかがっているに違いない。

出産まで十月十日《とつきとおか》あるらしいが、それまでに翡翠と決着をつけなければならない。

あちらが来ないのであれば、こちらが行くまで。

とはいえ、八雲によい策があるわけでもなかった。そもそも自分たちを幽閉できるほどの力を持つ大主さまをねじ伏せることなどできないとわかっている。冷静に話をしてわかってもらうしかないのだ。

「承知しました。千鶴さまはお連れにならないのですか？」

「迷ったのだが、和泉に関するつらい話をさらに掘り下げることになるかもしれぬ。竹子も千鶴には話しにくいことがあるかもしれない」

「たしかに、そうですね。和泉さまの幽閉についても、最初は頑《かたく》なに話されなかったようですし」

八雲はうなずき、再び口を開く。

「竹子のところに行くと言えば、間違いなく一緒にと食い下がるだろう。だから早朝に屋敷を発《た》つ。そこで浅彦」

「はい」

浅彦は妙な緊張感を漂わせている。

「千鶴をなだめておいてくれ」

「はいっ？」

引きつった顔から一転、浅彦はすっとんきょうな声をあげた。

「それがお前の責務だ」

「責務とはまた……」

今までの八雲なら、浅彦まで巻き込んではならないと考えただろう。しかし彼は、そんなことは望んでいないとよくわかった。自分たちと同じように苦しみ、そして笑いたいのだと。家族の一員だから。

「不服か？」

「とんでもない。八雲さまの命ならばしかとやり遂げてみせます」

浅彦は少しおどけながら、うれしそうに口元を緩めた。


その晩、千鶴は出迎えに玄関に出てこなかった。そっと一之助の部屋を覗きに行くと、千鶴の着物をつかんだまま眠る一之助の姿がある。おそらく雷が相当怖かったのだろう。

浅彦に『お兄さんになる！』と高らかに宣言したようだが、まだ幼い。無理に強くならなくてもいい。

千鶴も穏やかな顔で眠っている。

産婆が子を孕むと眠気が強くなることがあると話していたが、そうなのかもしれないし、一之助をなだめるのが大変だったのかもしれない。

どちらにせよ、幸せなこの光景をずっと守りたいと八雲は思った。

翌日は昨日の猛雨のせいか空気が澄みわたり、すがすがしい朝を迎えた。

千鶴の朝は早い。朝からしっかり食事を作ってくれるからだ。それも、一之助に栄養をつけさせたいという彼女の優しさなのだが。

そんな千鶴に気づかれる前にと、八雲は東の空に朝日が昇ると同時に屋敷を出た。

竹子が暮らす潮の香りが漂う漁村に着いた頃には、すでにたくさんの船が漁に出たあとだった。

八雲は竹子に初めて会った海岸へと足を進める。すると今日も、網の繕いに精を出す彼女の姿があった。

さらに数歩近づくと、竹子は顔を上げる。

「八雲さまではないですか」

「ご無沙汰しています」

驚愕《きょうがく》の声をあげる竹子は、網を放り出して立ち上がった。

「千鶴さんは？　千鶴さんになにかあったんですか？」

「安心してください。元気にしています。今日もおそらく来たかったでしょうが、あえて置いてきました」

「と言うと？」

竹子は八雲に尋ねつつ、しきりに周囲を見回して気にしている。

「少し待ってもらえるかい？　急ぎの仕事なんだよ」

「もちろん」

八雲が承諾すると、竹子は再び網を手にした。

八雲は竹子の隣まで行き、大きな石に腰掛ける。

「もうすぐ風定めがあってね」

「風定めとは？」

聞きなれない言葉に八雲は首を傾げる。

「漁師が風向きでその年の天候を占うんだよ。漁に出るには天気も味方につけないとねぇ。うっかり嵐にでも遭おうものなら、命が危うい。それでも毎年何人かが命を落とすんだけど、ここは必ず骸《むくろ》が海岸に流れ着くんだ。ここの死神さまが家族のもとに帰してくれるような気がして」

和泉の妻であった竹子は、漁に出て亡くなるのもあらかじめ決まっていたことだと承知しているはずだ。

沖で命の期限を迎えた骸を帰す術《すべ》があるのか八雲はわからなかったが、八雲が死にゆく者の言葉に耳を傾けるように、他の死神とは異なる対応をしている者がいてもおかしくはない。

死神は、亡くなるとわかっていても漁に出るのを止めることは許されない。しかし魂が黄泉に旅立ってしまえば、屍《しかばね》を家族のもとに戻すことも可能なのかもしれない。

「そうであれば、心優しい死神なのかもしれないな」

推測するに、今までの八雲と同じように感情というものは失われているはずだ。けれど、最期の言葉に耳を傾けることで無意識に自分の存在意義を見出《みいだ》そうとした死神たちのように、心の奥深くに眠るかすかな感情がそうさせている可能性もある。

「ええ、和泉さまみたいに」

竹子はせわしなく動かしていた手を止め、遠くに目をやり優しい顔で微笑む。まるでそこに和泉がいるかのように。

近くにはいられないが、心は今でもそばに寄り添っているのかもしれない。

「さて、お待たせしたね。話があるんでしょう？　こちらへ」

竹子は繕った網を近くの物置に片づけたあと、八雲を家へと促した。

「千鶴さん、戻ってこないから仲直りできたんだろうと思っていたんだよ」

小さなちゃぶ台を挟んで向き合う八雲は、竹子が出してくれたお茶をひと口喉に送ってから話し始める。

「千鶴のために骨を折ってくれたんだな。ありがとう。千鶴から和泉の話は聞いている」

「私はあなたたちに随分きついことを言ったと思う。そのせいで八雲さまが千鶴さんを遠ざけたのもわかっている。でも、私としてはそうするしかなかった」

無念の表情で語る竹子のことを、八雲はもちろん千鶴も恨んでなどいない。

「あなたの苦しみも無念も承知している。それに、私たちに子を望むなと言ったのがあなたの優しさだということも」

八雲がそう伝えると、竹子はうつむいて黙り込んだ。

「……実は千鶴が懐妊した」

「なんと」

目を真ん丸にして驚く竹子は、それからしばらく言葉を発しない。生んだばかりの子を取り上げられてしまった彼女には、手放しで喜べない複雑な思いがあるに違いない。

「千鶴の腹に子が宿ったと最初に口にしたのは、大主さまなのだ」

「大主……さま？　千鶴さんは？」

ちゃぶ台に手をつき、身を乗り出すようにして尋ねる竹子は、心なしか唇が震えている。

「千鶴は無事だ。産婆にも診てもらい、懐妊は間違いないと。実は大主さまは、少し前から千鶴の前に現れていて――」

八雲はこれまでの経緯を包み隠さず話した。

「それでは、千鶴さんがここを訪ねてきたときには、もう大主さまに狙われていたと？」

「その通りだ」

「そんな……。千鶴さんまであんな……」

竹子は自分の子が忽然《こつぜん》と姿を消したときのことを思い出したのか、細い体を震わせ、眉間のしわを深くする。

「大主さま――翡翠の思い通りにはさせない。私が必ず。それに、和泉も救い出す」

「和泉さまも？」

「千鶴が小石川に戻ってきたのは、和泉を助けるためだった」

あの雨の冷たい日に神社で首《こうべ》を垂れていた千鶴は、ひたすら大主さまと会いたいと訴えた。もちろん、和泉を救い出したいからだ。

「たしかに千鶴さんは、八雲さまにお願いすると言ってここを出ていきました。でも、そんなこと叶《かな》うはずがないと……」

竹子は信じられない様子で、しばし放心している。

「叶えるのだ。和泉は幽閉されるべき死神ではない。それに、私たちの子を翡翠に渡すつもりはない」

八雲は強い口調で言った。すると、顔をくしゃくしゃにゆがめる竹子の目から大粒の涙が流れる。

「まさか……まさか。こんな日が来るなんて」

「まだこれからだ。あなたにも協力してもらいたい。翡翠は私たちの前に姿を現さなくなった。どうにかして会いに行かなければならない。和泉がどうやって翡翠に接触を試みたのか、なにか思い当たることはないだろうか」

「思い当たることと言われても……」

竹子は困惑の表情で視線をさまよわせる。

「それでは、和泉について詳しく教えてほしい。私は幽閉された和泉という名の死神がいたという程度しか知らないのだ」

なにか手掛かりがあればと尋ねる。

「それならば……。和泉さまは、千葉《ちば》の我孫子《あびこ》のあたりの儀式をつかさどっていた死神です。手賀沼《てがぬま》の湖畔、鬱蒼《うっそう》とした林の中にあるさびれた神社が人間の世と死神の世をつないでいた」

涙を拭いた竹子は、ひと言ひと言かみしめるように話し始める。

「私たちの馴《な》れ初《そ》めは聞いたかい？」

「それは千鶴から」

「そう。和泉さまはとにかく穏やかな死神で、とても毎日死と対峙しているようには見えなかった。その和泉さまが私たちの子——宗一《そういち》がいなくなったと知って、初めて激しく動揺して涙を流した。和泉さまがあれほど取り乱したのは、私の知る限りあのときだけだ」

ふーっ、と長い息を吐き出す竹子は、瞳をにじませてしばらく黙り込む。おそらくそのときの光景を思い出してしまったのだ。

これが竹子にとって深い傷に塩を塗るような残酷な作業だとわかっていても、翡翠にたどり着くためにはできる限り話してもらわなければならない。

「すみません……」

「ゆっくりで構わない」

八雲がそう伝えると、竹子は二度深呼吸をして続ける。

「宗一がいなくなって数日、私はあまりの衝撃で寝込んでしまった。その間も和泉さまは、私を支えながら宗一を捜してくれていたんだ。あれは十日ほど経った頃……。昼も夜もわからず泣きわめいていた私に、宗一を取り戻しに行く、大主さまに会いに行くと突然言いだして」

再びこぼれた涙を拭う竹子だったが、一粒、二粒とあとからあとからあふれ出してきて止まる気配はない。

「そのとき、私は初めて大主さまという存在を知ったんだよ。私はたまらなく怖くて、和泉さまを止めた。でも、宗一を取り返すにはほかに方法がないと言われて、渋々うなずいたんだ。宗一は八雲さまと千鶴さんと同様、欲しくて欲しくてようやく授かった子で。もう会えないのが耐えられなくて、私は和泉さまを犠牲にするような決断を――」

「それは違うぞ」

悲痛の面持ちで自分を責める竹子の姿に、いたたまれなくなった八雲は、口を挟んだ。

「和泉は犠牲になったなんて露ほども思っていないはずだ。あなたや宗一を守りたい一心だったはず。だから、あなたがそんなふうに思う必要はない」

「八雲さま……」

竹子は目頭を押さえて顔を伏せる。

「これまでひとりでよく耐えてきた。和泉はきっとそう言うはずだ」

「……そうでしょうか」

竹子の目尻に刻まれた深いしわは、何度悲しみの涙を受け止めてきたのだろう。気丈に振る舞ってはいても、竹子の心は傷だらけ。人知れず涙を流し続けてきたに違いない。

「和泉もあなたも悪いところなどひとつもない。私が必ず和泉を救う」

「ありがとう……ありがとう」

竹子の声はかすれてはいたが、はっきりしている。それが彼女の意志の強さを示しているかのようだった。

しばらく心を落ち着けるように口をつぐんでいた竹子だったが、意を決したように話し始める。

「……和泉さまは、すぐ隣町の流山《ながれやま》をつかさどる死神とたびたび会う機会があったようで」

「ほかの死神と？」

意外だった八雲は聞き返す。過去の自分も含め、死神がほかの死神に興味があるのは珍しいからだ。

「その死神はたしか……穂高《ほだか》という名だったはず。死神としてひとり立ちしてからまだ日が浅く、和泉さまがいつも気にかけていたんだ。私は会ったことはなくて、詳しくは知らないのだけど」

「そうだったたか」

たしかに自分も、小石川周辺の死神とはまれに顔を合わせることがある。偶然知り合って、交流が生まれたのかもしれない。

「それで、大主さまのところに向かう前にも会いに行ったはず」

「なんと」

そうであれば、その穂高という死神がなにかを知っている可能性がある。

「和泉さまからは、穂高さま以外の死神の話は聞いたためしがない」

「穂高に会ってみよう。なにか糸口が見つかるかもしれない」

八雲が言うと、竹子の顔が険しくなる。

「でも、八雲さまも危険だ」

「私は和泉のためだけに動くのではない。私たちの子と自分たちの幸せな未来のために動くのだ。だから、あなたが気に病む必要はない。それに、翡翠をこのままにしてはおけない。いつかどこかで死神の子が誕生したら、また泣かなければならない者が出る」

八雲はこれ以上竹子に負担をかけたくなくて、そう口にした。

「本当に……。八雲さまも和泉さまも、死神らしくない死神さまだ」

竹子は泣きながら笑う。

その表情には憂いが漂ってはいたが、先ほどまで曇っていた目に光が戻ってきた。

竹子はこうして苦しみながらも前を向いて歩いてきたのだ。

「私も千鶴さんも幸せ者だ。和泉さまをどうか……。そして千鶴さんのお腹に宿った命をどうかお助けください」

竹子は畳に手をつき、深々と頭を下げた。

竹子の家をあとにした八雲は、すぐさま手賀沼に向かった。穂高にどうしたら会えるのかはわからないが、竹子と和泉が暮らしていた屋敷の場所は聞いたので、まずはそこに向かうつもりだ。

死神は与えられた館にそれぞれ住んでいるが、門を出ればほかの死神の館に通じている。人間の世に儀式に行くときとは別の道があるのだ。

竹子から聞いた神社は、小石川の神社よりずっと小さく荒れ果てており、廃社となっているのではないかと思うほどだった。

八雲は迷わず朽ちかけた社の裏手へと進む。すると自然と道が開けた。そのうち、死神の世に入ったという感覚があり、やがて屋敷が見えてくる。

「やはり荒れているな」

和泉がいなくなった今、この周辺の儀式を担う別の死神がいるだろうが、ここには住んでいないようだ。庭には一面草が生い茂り、雨風にさらされた濡《ぬ》れ縁《えん》はところどころ割れ、脚が腐りかけている。

古ぼけた扉に手をかけると、ガタッと音を立てて開いた。

ずっと閉め切っていたせいか、じめじめした空気が肌にまとわりつき、八雲は顔をしかめた。

本当ならば、ここで和泉と竹子、そして宗一が笑顔で暮らしていたのだろうと考えると胸が痛い。

改めて、千鶴と浅彦、そして一之助との穏やかな生活があたり前のものではないのだと感じる。

守らなければ。

八雲はそう気を引き締めて、一旦門から外に出た。もちろん、穂高を捜すためだ。

どうやら千鶴は翡翠から、死神の世はつながっていて自由に行き来できると聞いたようだが、半分当たっているものの半分は間違いだ。

どこに行くつもりなのか意思がはっきり定まっていなければ行き来は難しい。つまり、知っている死神のところには難なくたどり着けるが、そうでないと無数の気配から捜し当てることになる。

精神を研ぎ澄ますと、多くの死神の気配を感じる。

八雲はこの周辺に詳しくはないが、穂高がいるという流山はすぐ隣だと聞いた。それならば、一番強く感じる気配がそうだろう。

八雲はあたりをつけてそちらへと向かった。

穂高の屋敷だと思われる場所にたどり着くと、門が開け放たれている。そもそも来客などまずないので、死神は皆、無頓着なのだ。

八雲が敷地に一歩足を踏み入れると、「誰だ」という低い声がした。

「私は八雲と申す。帝都東京《とうきょう》の小石川から来た」

声はするものの、姿を現さない。警戒しているのだろう。当然だ。

「八雲？　なんの用だ」

八雲の屋敷より一回り小さい家屋の奥から声が続く。

「あなたは穂高か？」

「なぜ知っている」

どうやらここで間違っていないようだ。とはいえ警戒は解けず、穂高が顔を見せることはない。

「和泉の妻であった竹子から聞いた」

「和泉？」

驚いたような声がしたあと、縁側に浅彦ほどの背丈の細面の男が飛び出してきた。

八雲は色白でひょろっとした体形の穂高に近づいたが、彼はあんぐり口を開けるばかりでなにも言わない。

「和泉について話が聞きたい」

何度も瞬きを繰り返す穂高は、しばらくして我に返る。

「中に」

そして玄関のほうに視線を送って言った。

穂高は引き戸を開けて家屋に入ってすぐの部屋に、「どうぞ」と八雲を促す。八雲は上がってあぐらをかいた。穂高もドサッと腰を下ろす。

畳八畳の部屋にはなにもなく、ひどく殺風景だった。

「八雲とやら。なぜ竹子を知っている」

ようやく落ち着いたのか話し始めた穂高は、八雲に怪訝《けげん》な視線を向ける。

「私は人間の妻を娶《めと》ったのだ。そして子を授かった」

端的に話すと、穂高は目を丸くしている。

「人間の……。それで竹子に会ったのか。竹子は今も元気なのか？」

「竹子を知っているのだな」

「会ったことはないが、和泉から大切な存在だと話は聞いている。私にはよく理解できなかったが、まさかほかにも人間を娶った死神がいたとは」

穂高は驚いてはいるものの、すんなり受け止めたようだ。竹子が人間だと知っているからだろう。

「竹子は人間の世で強く生きている。和泉と竹子が我孫子から消えたことは知っているな？」

「人間の世？」

穂高は首をひねりながら続ける。

「ふたりがいなくなったのはもちろん知っている。ただ、どうして消えたのかまでは……。ふたりの間に子が生まれて、その子がいなくなったとは聞いた。ちょうどその頃、和泉がどうしても我孫子を離れなければならないから、しばらく儀式を請け負ってほしいと、台帳を持ってきて頭を下げたんだ」

「台帳を？　そうだったのか」

和泉は子を捜すのに必死になる一方で、死神の役割も忘れてはいなかったのだ。竹子が人間であるからこそ、人間の魂が悪霊となり消えていくことに耐えられなかったに違いない。

「どうしてなのか、それから一向に戻ってくることはなかった。……幽閉されたという嫌な噂《うわさ》は耳にしたが、我孫子の死者はひとり残らず私が儀式をしたのだ。和泉が幽閉される理由がない。ただの噂だろう」

どうやら穂高は、和泉と近い距離にいたがために幽閉をただの噂だと思っているようだ。

「残念だが、噂ではない。和泉の子は大主さまに連れていかれたのだ。和泉はその子を取り返しに行って、幽閉された」

　顔に驚愕の色を浮かべる穂高は、それからしばらく言葉をなくした。

「私は和泉を助けたい。竹子から和泉はいなくなる直前にあなたに会ったと聞いた。大主さまに会う方法をなにか聞いていないか？」

「幽閉されたと知っていて、大主さまと会うつもりか？」

　八雲が深くうなずくと、穂高は信じられないという様子で首を横に振った。

「大主さまは、私と妻の間にできた子も連れ去ろうとしている。そうはさせない」

「なぜだ。八雲も幽閉されるかもしれないのに、なぜ他人《ひと》のために危ない橋を渡ろうとする」

　実に死神らしい発言だと八雲は思う。

　千鶴に出会い、愛というものを知らなければ、妻や子のために幽閉覚悟で乗り込んでいくという行為を八雲も理解できなかったかもしれない。

「大切な者はなにを犠牲にしても守りたいのだ。和泉も同じ気持ちだったはず」

　穂高は腕を組んで黙り込んでしまった。ただその沈黙に緊張は張り詰めておらず、穂高が頭の中を整理するために必要な時間に思えた。

「……やはり私にはよくわからない。その人間の妻は自分の幽閉と天秤《てんびん》にかけられるくらい大切だということか？」

「いや、天秤にはかけられない。最優先で守るべき存在だ」

八雲はそう言いきった。千鶴の存在が自分の中でそこまで大きくなっていることに気づいて不思議な気持ちだ。けれど、もちろん嫌ではない。

「ますますわからない。……ただ、なにか役に立つのであれば」

穂高はそんな前置きをして話し始めた。

「あの頃和泉は、魁《かい》という死神に頻繁に会っていたようだ」

「魁？　この付近の死神か？」

「いや、私は聞いた覚えがない。どうやって知り合ったのかもわからないが……和泉は魁と一緒に消えたのかもしれない。子がいなくなって、魁が手伝いを申し出てくれたと話していたんだ」

穂高は顎に手を添え、記憶を手繰り寄せるように話す。

「大主さまには使いの死神がいたようだ。もしかしたら魁がそうだったのかもしれない」

八雲が言うと、穂高はハッとした顔をする。

「そういえば和泉と竹子が消えたあと、我孫子の台帳を返してほしいとここに来た背丈の大きな死神がいた。和泉は訳あってここから離れるから、別の死神が送られるとかなんとか。台帳を取りに来たあの男が魁だったとしたら……」

穂高の推察はおそらく正しいと八雲は感じた。

「やはり魁は大主さまの使いだろうな。和泉を幽閉して、別の死神を送ったのだ。新しい死神には会ったことがあるか？」

「何度か。和泉について尋ねたこともあるが、首をひねっていた。名前すら知らないようで、なんの事情も聞かされず、ただ送り込まれただけだと思う」

我孫子の現在の死神が翡翠につながっているのではないかと期待したものの、空振りだったようだ。

「こんなことになるなら、あのときもっと詳しく聞いておくべきだった。和泉は魁が子をさらった死神だと知りながら、ついていったのかもしれない。そうでなければ、どこの誰だかわからない者を信頼なんてしないはずだ。和泉はそんなに馬鹿じゃない」

穂高の意見に八雲も同意だった。和泉は翡翠にたどり着くために騙《だま》された振りをしたのではないかと。

今の自分と同じように、翡翠に接触して子を帰してもらえるように話をするつもりだったのだろう。ところが、うまくいかなかったのだ。

「和泉は他になにか言い残してはいないか？　危険は承知の上だったはず。なにか……」

「あっ」

穂高が唐突に短い声をあげた。

「どうした?」

「私に台帳を預けながら、『ひとつずつ置いていく』と意味のわからないことを言って笑っていた」

「ひとつずつ? ということは、ふたつ以上はあるということか……」

ひとつは我孫子の台帳で、もうひとつは竹子に預けたのだと、八雲は直感的に感じる。

「竹子がなにか持っているのでは?」

穂高もそう思ったらしく、八雲の目を見て訴える。

「そうかもしれない。ただ、おそらく竹子はそれに気づいてはいない。そんな素振りはなかった」

和泉は翡翠や魁に気づかれないように、なにか伝言を残したのかもしれない。はっきりと伝えられなくて竹子が気づいていないか、なんらかの理由で竹子の手に渡らなかったか……。

「竹子にもう一度会ってみる必要がありそうだ。穂高、いろいろとありがとう」

協力してくれるかどうかは賭けだったが、重要な話をしてくれた。

「いや。八雲、どうか和泉を取り戻してくれ」

頭を下げる穂高を見て、ふたりの間には死神には珍しい絆が存在するのだと感じた。

◇◇◇

朝早くから姿が見えなかった八雲が、太陽が西の空を茜色《あかねいろ》に染める頃ようやく戻ってきた。

懐妊したせいかすぐにうとうとしてしまう千鶴だが、八雲の足音は聞き漏らさない。玄関へと駆け出ていった。

「八雲さま！」

三つ指をついて、『おかえりなさいませ』と迎える余裕などまったくない。八雲の姿を確認した瞬間、千鶴は大きな声で叫んでいた。

「千鶴、どうかしたのか？」

「どうかしたではございません。……いえ、わかっているんです。八雲さまが身重の私につらい話を聞かせたくないと配慮してくださったのは」

ああ、言いたいことがまとまらない。

千鶴が自分の語彙力のなさにあきれていると、草履を脱いで上がってきた八雲がふわっと優しく抱きしめてくれた。

「ひとりで行ってきてすまない。それに、心配してくれたのだろう？　ありがとう」

千鶴の優しい伴侶は、言葉が足らずとも胸の内をすべて理解しているようだ。

「……そう、です。置いていかれるのは嫌です」

命を宿した今、体に気をつけて元気な子を生むのが最優先だとわかっている。しかし、和泉が幽閉されたことを知っている千鶴は、八雲と離れるのが怖くてたまらないのだ。

「そうだな。だが、私も千鶴と離れるのはつらいのだ。必ずお前のところに戻ってくる」

八雲はそう諭したあと、千鶴の額に唇を寄せる。

「おっと」

そのとき、背後から声がして振り向くと、浅彦が一之助の目を手で押さえていたので、千鶴は目を白黒させた。

「申し訳ございません。邪魔者は退散いたします」

「えっ？　だ、大丈夫ですよ？」

「千鶴、動揺しすぎだ」

八雲はしどろもどろになる千鶴を笑い、腰をそっと抱く。

「お前は私の妻なのだ。なにも問題はないだろう？」

「そう、ですが……」

一之助の前なのにと思っていると、八雲は近寄ってきた一之助を抱き上げた。

「一之助も、私と千鶴の仲がよいほうがいいのではないか？」

「ん？」

八雲の言葉をよく理解していない一之助は、首を傾げながらも笑顔で口を開く。

「仲良しがいい！」

「そうだな」

まるで自分の子のように優しい眼差しを向ける八雲は、一之助を抱いたまま奥へと入っていった。


その晩の儀式はひとつだけ。老衰で旅立つ男性は、穏やかな最期を迎えたようだ。

「千鶴、浅彦、話がある」

屋敷に戻ってきた八雲は、ふたりを呼んだ。

八雲の部屋に向かい、八雲の対面の座布団に腰を下ろす。

「竹子さんにお会いになったのですよね？」

千鶴が待ちきれずに口を開くと、八雲は大きくうなずいた。

「懐妊を伝えて、和泉に関することを思い出してもらった。和泉が失踪する直前に会っていたという死神がわかり――」

千鶴と浅彦は、八雲の話に真剣に耳をそばだてた。

「……その魁という死神、においますね」

「翡翠の使いで間違いないだろう」

千鶴に緊張が走る。

和泉があえて騙された振りをしたのであれば、幽閉という最悪の事態も想定して乗り込んでいったはず。警戒していても幽閉されてしまったのだと考えたら、体が震えてくる。

「千鶴。顔が青いが大丈夫か？」

「平気です。続けてください」

千鶴は八雲を促したが、八雲は千鶴の隣に移ってきてしっかりと腰を抱きしめた。

八雲が今日、自分を連れていかなかったのはこうなるのがわかっていたからだ。

「和泉は子を捕らわれていたのだ。私たちとは状況が違う」

「そう、ですよね」

頭ではわかっているつもりだが、対岸の火事というわけでもないため、気持ちに余裕がない。

「だが、恐ろしいと思うのは仕方がない。無理して隠さず、ありのまま私にぶつければいい」

冷静でいなくてはと思うばかりに胸の内を隠そうとしてきたが、泣いてもわめいても八雲が受け止めてくれる。

そう思ったら、気持ちが落ち着いてきた。

「はい、そうします」

「それでは続ける。穂高が、和泉は竹子になにか残したのではないかと言うのだ。もう一度、竹子に会いに行く」

「私も、私も連れていってください。邪魔にならないようにいたしますから」

八雲の着物をつかみ、必死に訴える。

「邪魔なわけがあるまい。しかし、体は大丈夫なのか？」

多少眠気が強いくらいでなんともないけれど、やはりおとなしく屋敷で待っているべきだろうか。

千鶴は迷い、口を閉ざす。

「子を育むことは千鶴にしかできない。だからその他すべては私が引き受けようと考えていた」

「八雲さま……」

八雲の気配りに、胸が温かくなる。

「それに、和泉の過去を知るということは、苦痛が伴う。千鶴をもう泣かせたくなかったのだが……」

そこで言葉を止めた八雲は、ちらりと浅彦を見たあと続ける。

「やはり黙ってひとりで行ったのは間違いだった。今日一日、ずっと沈んだ顔をしていたらしいな」

「あっ……」

浅彦から聞いたのだろう。

そんなつもりはなかったのだけれど、一之助にも『お腹痛いの？』と心配されるありさま。よほど暗い顔をしていたに違いない。

「竹子も会いたいだろう。出産についても聞いてくるといい」

「はい。ありがとうございます」

連れていってもらえると知り、千鶴の声が弾む。

「浅彦。一之助を頼む」

八雲は、次に千鶴の隣にいる浅彦に視線を合わせて言った。

「お任せください。一之助も仲良しがいいそうですから」

先ほどの口づけを掘り返されて、千鶴は恥ずかしさのあまり頬を赤らめた。

秋気澄《しゅうき》む翌朝。

いつものように四人で食事をしたあと、千鶴は八雲とともに竹子のところへ向かった。

この村はもともと風が強いが、今日は特に北方から吹く雁渡《かりわた》しが激しく、海の波も高い。晴れてはいるものの漁には出られなかったようで、港にはたくさんの漁船が停泊している。

漁がないせいかいつもの場所に竹子の姿はなく、ふたりで家を訪ねることにした。

カタカタと板壁を揺らす音がそこら中から聞こえる。下見板張りの板壁は、潮を含んだ強い風に耐えるための知恵なのだという。

古ぼけた戸を八雲が叩《たた》くと、「どなた？」という竹子の声が聞こえた。それだけで瞳が潤むくらいには、千鶴の心は高ぶっている。

「千鶴さん！」

やがて戸が開くと、驚きと喜びが入り混じったような複雑な顔の竹子が声をあげ、千鶴を強く抱きしめた。

「よう来た。子ができたんだって？」

「はい」

「いらぬおせっかいばかり……。すまなかったね」

竹子の背に手を回した千鶴は、首を横に振る。

「おせっかいだなんて。竹子さんが私たちの心配をしてくれたのはわかっていますから」

「そう……。できたからには大切に育てないとね。ああ、立ち話なんて気が利かないね。入って」

竹子は八雲にも視線を送り、目で促した。

「あれだけ反対しておいて今さらだけど、懐妊とはうれしいものだ」

温かいお茶を出してくれた竹子は、ちゃぶ台を挟んだ向かいに腰を下ろし、目尻を下げた優しい顔で語る。

子を連れ去られるという壮絶な経験をしたせいで、千鶴に子をあきらめるように迫った彼女だけれど、子を授かった幸せもまた知っているだけに、こうした反応になるのも不思議ではない。

「右も左もわからなくて、竹子さんに教えていただきたくて」

「私もよくわからないうちに十月経ったんだよ。おいしいものを食べて、よく寝て、あとは和泉さまと笑っていただけだった。あっ、お腹が大きくなると、そのうち動いて蹴りだすんだよ。小さいくせに、自己主張は一人前でねぇ」

竹子は朗らかに語るが、うっすらと目に涙を浮かべている。

「八雲さま、どうか千鶴さんとお腹の子をお守りください」

唐突に竹子が額を畳にこすりつけて懇願するので、千鶴は慌てて隣に行き、肩を持ち上げた。

「竹子さん、ありがとうございます」

まるで母のように温かい人だ。和泉はこんな竹子を愛したに違いない。

「もちろん。必ず守る。千鶴は実の母に頼れない。どうかいろいろ教えてやってほしい」

次は八雲が深々と頭を下げる。

自分を思いやってくれる優しい夫と竹子の姿に、千鶴の胸は幸せで満たされた。

「私でできることはもちろん。それで……穂高さまには会えたのかい？」

竹子も気になっていたようだ。

「ああ、いろいろと話を聞けた。穂高によると――」

八雲は穂高から聞かされた和泉の様子を竹子に話した。

「そうだったか。和泉さまは私と宗一のために……」

感慨深い様子で洟《はな》をすする竹子だったが、きりりと表情を引き締める。千鶴は彼女が自分の前で取り乱さないようにしていると感じた。

「穂高が、和泉があなたにもなにか託したのではないかと話していたのだが……」

「私に?」

竹子は思い当たる節がないようで、湯呑みを何度も握り直しながらしばらく考え込んでいる。

「情けないことに、宗一がいなくなってからずっと泣き伏せっていて……。和泉さまが魁という死神に会っていたことも、穂高さまに台帳を預けたことも知らなかったんだよ」

「情けなくなんてありません。きっと誰だってそうなります」

眉間に深いしわを刻み、必死に泣くのをこらえている竹子の様子にいたたまれなくなった千鶴は、手を握って励ました。

「そうだね。だけど、私がこんなにくよくよしていては、和泉さまに笑われる。……あっ」

竹子は突然目を大きく見開き、小さな声をあげる。

「どうしたのだ?」

八雲が問うと、竹子は口に手を置き、視線をさまよわせた。

「もしかしたら、屋敷に」

「屋敷とは我孫子の屋敷のことか？」

「そう。和泉さまがいなくなって、私は死神の世からなかば無理やり追放されてしまったんだ。あのときの死神が、魁だったのかも。いやに大きな死神だった」

竹子の推察に、八雲はうなずいた。

「おそらく間違いない。穂高のところに台帳を取り返しに来たのも、あなたを追い出したのも」

「……あの日、和泉さまの帰りをひたすら待っていたのに、姿を現したのは別の死神で、押し問答する暇もなく人間の世に放り出された。だからなにひとつ屋敷から持ち出せなかったんだ。宗一のへその緒ですら」

「へその緒？」

千鶴が竹子の顔を覗き込むと、竹子は続ける。

「宗一を生んだとき、産婆が丁寧に包んでくれた。それを屋敷の簞笥《たんす》の奥に大切にしまっておいたんだ。宗一が生まれる前からこつこつ作っていた迷子札と一緒に」

「迷子札とは？」

千鶴は女学校の裁縫の時間にいくつか作ったことがあるのだが、八雲は知らないようだ。

「厚紙とちりめんなどで犬や猫、将棋の駒や羽子板といったいろんな図案の札を作って、裏に名前を書いておくのです。子が迷子になったときに見つけられるように、帯に結んでおくんですよ」

「見たことがあるな。あれか」

千鶴が説明すると、八雲はどうやら思い当たったらしい。

この世に生を受けても、幼いうちに亡くなる子もあとを絶たない。そうした子にも儀式を行う八雲は、そのときに見たのだろう。

「歩けもしない乳飲み子には、まだ必要ないのはわかっていたんだ。でも、怖かったんだよ。宗一も死神であれば、ひとり立ちして儀式をしなければならない。そのひとり立ちがいつなのかわからなくて。迷子にならないようにというよりは、いつでも戻ってこられるようにという願いを込めて、宗一の産着にいつも引っかけておいたんだ」

千鶴には竹子の焦りが手に取るようにわかった。

死神として生を受ければ、儀式を行うのが定め。それを受け入れたとしても、永遠に子に会えなくなるのはつらい。いつでも戻ってこられるように道しるべとして持たせておきたかったに違いない。

「和泉さまにあきれられるほどたくさん作って、へその緒と一緒に。和泉さまは宗一がいなくなってから、毎日それが入った箱を開けて眺めていた」

「戻ってくるようにと願っていたんだろうな」

神妙な面持ちの八雲は、そう漏らした。

「和泉さまが私になにか残したとしたら、そこしか考えられない」

「私たちと一緒に我孫子の屋敷に行ってくれないか？」

八雲が尋ねると、竹子は目を見開いて驚いている。

竹子にその箪笥の場所を聞いて八雲が確認しに行けば済む話だが、八雲は竹子が屋敷に戻りたいと思っているのを見抜いているのだろう。なにせ竹子にとって、子を失ったつらい場所であるのと同時に、和泉との幸せが詰まった場所なのだから。

「連れていってくれるのかい？」

「昨日、屋敷にも行ってきた。誰も住んでいないせいでさびれてはいるが、特に荒らされたような様子はなかった。へその緒も取り戻したいのではないか？」

こらえきれず涙を流し始めた竹子は、声も出せないようで何度も何度もうなずいた。


手賀沼のほとりから赤や黄色に葉を染める木々の間をすり抜けていくと、さびれた神社が目の前に現れた。雨風にさらされて朽ちつつある社を見た瞬間、竹子は目頭を押さえる。

人間の世に戻されてから何度も足を運んだのではないだろうか。それでも死神に触れていなければ、人間は死神の世には行けないのだ。

「私に触れなさい」

八雲が優しい声で言うと、竹子は大きく息を吸ってから手を伸ばし、八雲の腕をつかんだ。

それからは小石川と同じ。社の裏手を進むと、ふと空気が変わった感覚があり、目の前に門が現れた。

「あぁ……」

足を止めた竹子の唇から、声にならない声が漏れる。

竹子は屋敷の門を一歩くぐったと同時に一目散に駆けていき、玄関の引き戸を両手で開けて叫ぶ。

「和泉さま」

腹の奥から絞り出したというような竹子の声を聞き、千鶴の顔がゆがんだ。

「和泉さま……。和泉さま！」

何度呼んでもここにはいないとわかっていても、あきらめられないのだろう。竹子の胸の痛みがわかるだけに、千鶴の足は止まってしまった。

「千鶴。私が竹子と一緒に奥に行って確認してくる。お前はここにいなさい」

八雲が気遣ってくれるが、千鶴は首を振る。

「竹子さんは私を支えてくれました。今度は私が支える番です」

「だが」

「でも私は、八雲さまのように強くはありません。ですから、私のことは八雲さまが支えてくださいね」

笑顔でそう伝えると、八雲は苦笑している。

「その役割、引き受けよう」

「お願いします」

千鶴は自分の頬を両手で二度叩き、気持ちを切り替えて、竹子を追うように奥座敷に向かった。

廊下を歩く間も、竹子はあたりを見回し落ち着きがない。しかし当然だ。きっと懐かしいこの家には、思い出があふれるほど詰まっているのだから。

「この部屋……」

とある部屋の前で足を止めた竹子は、障子を開けて中に入っていく。千鶴も続くと、竹子は箪笥の引き出しを開けて、着物をかき分けた。

「あった」

そして、奥から小さな箱を取り出し、畳の上に置いた。あとからついてきた八雲も見守る中で、竹子はその箱を開ける。

「宗一……」

たくさんの迷子札の横にはへその緒が。竹子がそれを大切そうに持ち上げると、一枚の紙が見えた。

「八雲さま、これ……」

小さく折りたたまれてあったそれを広げた竹子は、八雲のほうに向ける。千鶴も覗き込んだが、文字のようなものが躍っていたものの読めなかった。

「これは……私たち死神が使う呪文のようだ。ただ私は、これを知らない」

八雲は穴が開くほどの勢いでその紙をじっと見つめ、しばらく考え込む。

「……もしかしたら翡翠のところにたどり着くための呪文かもしれない」

八雲がそう口にしたとき、玄関のほうでカタッと物音がした。千鶴と竹子が顔を見合わせると、八雲はふたりをかばうように前に立つ。

「誰だ」

そして腹の底に響くような低い声で問うた。

「八雲か？」

どうやら相手は八雲を知っているようだ。張り詰めた緊張が少し緩む。

「穂高か。入ってこい」

声の主は、流山の死神らしい。ドンドンという少々荒々しい足音がしたあと、すーっと障子が開いた。

八雲や浅彦とは違い、線が細くてひょろりとした印象の穂高だが、眼光炯々《けいけい》とした表情は八雲たちと同じ。彼が死神であると思わせる。

穂高は千鶴たちを見て、少し驚いた様子だ。

「気配を感じて来てみたのだ。和泉が戻ってきたのかと」

落胆の声をあげる穂高も、和泉の帰りを望んでいるようだ。

「竹子と妻の千鶴だ」

八雲が簡単に紹介すると、穂高はかすかに頬を緩めた。

「ほぉ、彼女が天秤にかけられない人間か」

穂高が千鶴に視線を送って言うが、なんの話をしているのだろう。

畳に膝をついた穂高は、竹子をじっと見つめて口を開く。

「竹子……。和泉には世話になった」

「私はなにも」

竹子は穂高が現れてからしきりに瞬きを繰り返している。

死神の世に来ることすらあきらめていた彼女は、夢と現《うつつ》の狭間《はざま》にいるような感覚なのかもしれない。

「なにかわかったのか？」

「これを見てくれ」

八雲が先ほどの紙を見せると、穂高は目を瞠《みは》る。

「大主さまにたどり着くための呪文ではないのか？」

「やはりそう思うか？」

「大主さまは私たちとは違う空間にいると聞いたことがある。だからどれだけ駆けずり回ってもお会いできない死神だと」

八雲たちが住むこの死神の世のほかにも、まだ翡翠がいる空間があるようだ。

翡翠は八雲の館に姿を現したとき遠くから来たと話していたが、そういう意味だったのかもしれない。

「これで入口にたどり着いた」

「行くのか？」

穂高は心配そうに八雲に尋ねる。

「行かねば始まらない。翡翠のたくらみを知っているのに、手をこまねいて見ているわけにはいかない」

「八雲さま」

千鶴はたまらず声をあげてしまった。

大切な夫を幽閉されている竹子の前で、行かないでほしいとはとても言えない。それに、我が子を守るための行為だと誰よりも理解している。

けれど、八雲を失うのではないかという恐怖で千鶴の心には強い反発心が芽生え、顔が険しくなった。

「千鶴」

八雲は千鶴の手をしっかりと握る。

「落ち着きなさい。腹の子にさわる」

「申し訳ございません」

邪魔にならないようにすると啖呵《たんか》を切ったくせして、自分には覚悟が足りないと反省した。

「大丈夫だ。お前は私を信じるだけでいい」

「……そう、ですよね。はい」

八雲の言葉が千鶴を安心させてくれる。

「竹子」

竹子の前に改まって正座をした穂高は、難しい顔をしている。

「私は和泉に世話になった。和泉がいなくなったことは知っていたが、他所《よそ》に行ったと聞かされてそれを信じてしまった。今までなにもできずにすまない」

穂高が頭を下げるのを見て、千鶴は驚いた。感情を失った死神は他者には興味がないはずで、穂高が和泉を気にかけるのが意外だったのだ。

「そんな……。私もなにもできなくて」

無念をにじませて唇を嚙みしめる竹子の声が上ずっている。

「私は死神として流山を任されたばかりの頃、儀式をうまく行えず、悪霊を出してしまった。しかも、疫病が蔓延して毎日多くの人間を黄泉へと導かなくてはならなくなり、悪霊を見つける余裕がなかったのだ。そのうち他にも悪霊を生み出してしまった」

千鶴は放火で八雲や浅彦が走り回っていたときのことを思い出した。

悪霊は生きし者への嫉妬から、台帳を書き換えて死へと引きずり込む。悪霊を野放しにすると死にゆく者が増え、ますます儀式が間に合わなくなる。

穂高もその経験をしたようだ。

「死神としてひとり立ちした早々、幽閉を覚悟した。自分にはもう無理だとあきらめそうだった。……それを察した和泉が助けてくれたんだ。我孫子にも病が蔓延していて大変だったはずなのに、私の代わりに悪霊を追い、消してくれた」

そんなつながりがあったとは。

松葉と八雲の関係を見ていると、自身がつかさどる地域以外には目もくれないと思っていたのに。

千鶴は驚くのと同時に、竹子が愛した死神の優しさに触れて心が温かくなった。

「疫病はしばらくすると収まったが、私は自信をなくしてしまった。自分は死神としての能力が劣っていて、いつか幽閉されるのだと。だがそのときも、和泉が励ましてくれたのだ。『いざとなれば私がいる。困ったら遠慮せず私を呼べ』と。『お前を幽閉などさせない』と強く言ってもらえたおかげで自信を取り戻して、それからは失敗なく生きてきた」

「和泉さまが……」

その話は竹子も知らなかったようだ。竹子は両手で顔を覆い、嗚咽《おえつ》を漏らしだす。

「それなのに私は、和泉の異変に気づけなかった。台帳を他の死神に預けるなど、普通ならありえないことだったのに、理由を深く探ることもなく引き受けてしまった。それに魁らしき死神から別の場所に移ったと聞かされても、能力を買われて移ったのだろうと能天気に……」

眉をひそめて吐露する穂高は、和泉を止めなかったのをひどく後悔している様子だ。けれど竹子は、穂高の告白に何度も首を横に振っている。

穂高も和泉も、もちろん竹子も悪くなどないのだ。翡翠と魁の身勝手が、竹子の心にこれほど大きな傷を残した。

悔しそうな穂高を見ていると、死神にも心はあるのだと感じる。

感情がないのではなく消されていて、なにかの拍子に思い出すのだと千鶴は確信した。

「和泉さまの子を生んだのは、正しかったのだろうか……」

竹子がぼそりと漏らした言葉に、千鶴の胸は張り裂けそうになる。

八雲の子を強く望み、ようやく宿して天にも昇る気持ちだったけれど、この子のために八雲が幽閉されるかもしれないと思うと怖くてたまらない。

「もちろんだ。子を授かったとき、和泉は弾んだ声でそれを私に教えてくれた。和泉以外の死神とも人間とも深くかかわりがなかった私には、正直、なぜそれほどまでにうれしいのかよくわからなかった。でも、和泉があまりに幸せそうで、このあたりが温かくなったのを覚えている」

穂高は優しい表情で、自分の胸を押さえる。

「それからは会うたびに子の話ばかり。人間の風習である背守りや迷子札のことを自慢げに教えてくれた。たとえ幽閉されても、子を取り返したかったんだろうよ」

穂高のこの言葉は、きっとむせび泣く竹子の救いになるはずだ。自分のせいで和泉が犠牲になったという、竹子が長い間背負ってきた罪悪感を軽くしたのではないだろうか。

「和泉は私にとって特別な存在だったのだ。和泉を助けたい。私も一緒に大主さまのところに行こう」

千鶴は穂高がそんなふうに言うのに驚いた。他者に興味がない死神は、自分が幽閉されるかもしれないとわかっていて協力を申し出るなんて、ありえないと思っていたのだ。

「大勢で乗り込んでいったところで、なにが変わるわけでもないはずだ。それくらい大主さまの格の違いは歴然としている。こうして私たちが知らない呪文を、いくつでも操れるのだから。穂高はここで和泉の帰りを待っていてくれ。必ず一緒に戻ってくる」

八雲が力強く伝えると、穂高は一瞬驚いたような顔をしたもののうなずいた。

「そうか、わかった。竹子はここにいるのか？」

「竹子は一旦私の屋敷に連れていこうと思う。千鶴も心強いはず」

八雲は千鶴に視線を送る。

屋敷に連れていくとは思いもよらなかったけれど、ここにひとりで置いていくのは心配だし、漁村に戻ってもなにも手につかないだろう。それに、そばにいてくれればなにかと千鶴も心強い。

「それなら安心だ」

穂高も優しい死神だ。いや、和泉の優しさに感化されたのかもしれない。麻の中の蓬《よもぎ》と言うし。

最後に、八雲と穂高は目を見合わせて、うなずき合ってから別れた。

◇◇◇

穂高と別れた八雲は、千鶴と竹子を伴い屋敷に戻った。竹子の手には、宗一のへその緒と迷子札がしっかりと握られている。

「おかえりなさいませ」

足音を聞きつけて玄関に出てきた浅彦は、膝をつき出迎えてくれた。しかし、千鶴の隣の竹子を不思議そうに見ている。

「千鶴さまぁ！」

パタパタと廊下を駆ける軽快な足音がしたと思ったら一之助が姿を現し、一目散に千鶴に突進していく。

「おっと」

首を長くして帰りを待っていたのだろう。すさまじい勢いで千鶴に飛びつきそうになったため、八雲はすんでのところで抱きとめた。

「一之助。飛びついてはならぬ」

「あ！」

大口を開けて顔を引きつらせる一之助は、千鶴が帰ってきてうれしくてたまらなかったに違いない。千鶴の腹に子がいることなど、頭から飛んでいたのだ。

「一之助くん、ただいま。ごめんね。今日はお土産がないの。ふかし芋作ろうか」

千鶴が以前にもまして優しい眼差しを向けるのは、やはり命を授かったからだろうか。

「うん！」

八雲に抱かれたまま隣に立つ千鶴の首に手を回すという曲芸を見せる一之助は、満面の笑みを浮かべる。

「だあれ？」

しかし少しうしろにいた竹子にようやく気づいて、声をあげた。

「竹子だ。私と千鶴の大切な人だ」

なんと説明しようか迷い、そんなふうに伝える。和泉の幽閉や子をさらわれたことなど、一之助が知る必要はない。

「大切？　仲良し？」

「そうよ、仲良しなの。しばらくここにいてもらおうと思うのだけど、いいかしら？」

千鶴が一之助に問うと、「いいよ！」と声を弾ませたあと、八雲の腕から下りて竹子に向かって口を開いた。

「一之助です！」

はにかみながらちょこんと頭を下げる様子から成長を感じて、微笑ましく思う。

千鶴が文字だけでなく礼儀作法について少しずつ教えているようだが、身についているようだ。

「まあまあ、かわいいねぇ。竹子です。よろしく」

竹子がしわしわの手を差しだすと、一之助はおそるおそる握った。

「お芋好きなの？」

「だーい好き」

「私もだよ。一緒に作ろうか」

「うん！」

緊張気味の一之助だったが、竹子が誘うと笑みをこぼす。竹子もうれしそうだ。

「千鶴さん、疲れただろう。少し休みなさい」

「私は大丈夫です。竹子さんこそ」

竹子の気遣いに恐縮している千鶴だが、八雲も少し心配だ。彼女は笑顔を見せるもののどこか陰がある。おそらく、翡翠のところに乗り込むことが気になり、落ち着かないのだ。

「千鶴、そうしなさい。浅彦もいる」

「千鶴さま、一之助はお任せください。竹子さまのお部屋の用意だけ先にしてまいります。一之助、手伝ってくれ」

「はぁーい」

一之助は嫌がる様子もなく、浅彦についていく。千鶴が懐妊して弟や妹のような存在ができると知ってから、張り切っているのだ。もちろん、まだまだ甘えん坊ではあるが。

「彼が浅彦。私の従者で、元は人間の死神だ」

「人間？」

竹子は目を丸くしているものの、無理もない。

「一之助も人間で、訳あってここで育てている」

「一之助くんのことは千鶴さんから」

「そうか。寂しがり屋の甘えん坊で人見知りはするが、素直な子だ。すぐに慣れるだろう」

千鶴にはあっという間になつき、今では彼女の姿が見えないと不機嫌になるほどだ。

「とってもかわいいんですよ。きっと竹子さんのこともすぐに好きになります」

千鶴が続いた。

「八雲さまや千鶴さんに愛されて育っているのが伝わってきますよ。なんともうらやましい」

竹子は目を細めながら、ぼそっと本音を漏らした。和泉との子もかわいがりたかったのだろう。

「竹子さまぁ」

さっき浅彦についていったばかりの一之助が戻ってきて竹子を手招きする。

「こっちー」

「騒がしくてすまないな」

「楽しそうだねぇ。それではしばらくお世話になります」

竹子は丁寧に頭を下げてから一之助についていった。

「千鶴は私の部屋に来なさい」

元気そうに見せてはいるが、八雲の目は騙せない。心なしか瞳が潤み、触れた指先がいつもより熱いのだ。

八雲は千鶴の腕を引き、部屋に向かった。

布団を敷こうとすると、千鶴が慌てている。

「私がいたします」

「少し体が熱い。身重なのだからもっと気をつけなさい。それに、私にできることは私がすると言ったはずだ」

「ですが、人間の世では身重であっても、これほど親切にしていただけないそうですよ。悪阻で調子が悪くても、出産の直前までしっかり働くようで」

それは八雲も知っていた。人間の世ではなぜか男の権力が強く、妻は夫や姑の言うことに従わなければならない。無理をして働き続けた結果、子が流れてしまい、恨み言を口にしながら子とともに旅立つ母親に儀式を施した経験もあるのだ。

「ここは死神の世だ。人間のことなど知らぬ。私は私がしたいようにする」

八雲はわざと冷たく言い捨てた。そうしなければ、千鶴は無茶をするからだ。

一瞬目を見開いた千鶴だったが、すぐに笑みをこぼす。

「それでは、八雲さまのお優しさに甘えます」

「別に優しくはない」

妙に照れくさくなった八雲は、顔を背けて黙々と布団を敷き、千鶴を寝かせた。そして枕元にあぐらをかいて、手を握る。

「千鶴。お前の不安はわかる。しかし、進まなければならない道だ」

八雲とて千鶴の胸に渦巻く憂惧《ゆうぐ》を十分に理解している。和泉や子から引き離されてしまった竹子の苦しみや悲しみを目の当たりにしているのだから、なおさらだ。

けれども、このまま翡翠に会わず、子をさらわれては元も子もない。それこそ千鶴の心に決して癒えぬ傷を残す事態になる。

「わかっているのです。でも、怖くて……。申し訳ございません」

千鶴の瞳が揺れる。

我慢強い女ではあるが、その彼女ですら耐えられないほど重すぎる荷なのだ。

「謝らなくてもいい。当然だ」

八雲はそう言いながら、千鶴の頬にそっと触れた。

「私だって怖い。ただ、お前や腹の子を失うほうがもっと怖い」

千鶴に出会い、愛を知った。その代わり、愛する者を失う怖さも知ってしまった。

とはいえ、感情を取り戻したことに後悔はまったくない。千鶴を愛せることが八雲にとって最大の幸せだからだ。

そんな幸福を運んできた千鶴を、失うわけにはいかない。

「八雲さま……」

千鶴は八雲の手を両手で握り、目を閉じた。そして次にまぶたを開いたときには、強い意志を感じる凜々《りり》しい表情に戻っていた。

「八雲さまを信じます。必ずこの子と一緒に、温かい家庭を作るんです。そうして八雲さまや一之助くん、浅彦さんをもっともっと幸せにします」

それが強がりであるとわかっている。しかし、千鶴のその気持ちが八雲にはうれしくてたまらない。

千鶴を必ず幸せにすると改めて心に誓う。

「ああ。期待しているぞ、千鶴」

八雲は愛おしい妻にそっと唇を寄せた。


それから数日は、竹子を交えて穏やかな日常を過ごした。

一之助は竹子にすぐなつき、竹子はまた自身の子を育てられなかった寂しさを埋めるかのように一之助をかわいがった。

その一方で、八雲は翡翠に会いに行く準備を着々と進めている。

「千鶴。松葉のところに行ってくる」

「松葉さん？　どうしてですか？」

千鶴は大きな目を一層開き、目玉が今にも落ちんばかりに驚いているが無理もない。

千鶴は松葉の性根は腐っていないと感じているようだが、八雲は千鶴に手を出した松葉をいまだ許したわけではないからだ。

「私がいない間、小石川の儀式を助けてもらいたいのだ。台帳は浅彦に託す。しばらく旅立つ者が増えることはないが、万が一悪霊を出すようなことがあれば、状況は一転する」

　死者台帳を少し先まで調べたが、浅彦ひとりでも儀式を行えそうな人数ではあった。ただし、たったひとりでも儀式が間に合わなければ、悪霊に台帳を書き換えられて死にゆく者が一気に増えるため、最悪の事態を想定しておかなければならない。

　浅彦は儀式は行えるが、悪霊を見つけて消す力がまだ備わってはいないため、もしものときの対処を松葉に頼むつもりだった。

「なぜ松葉さんに？　他にも死神はいますよね？」

「この周辺で死神としての能力が一番高いのは松葉なのだ。手荒ではあるが、確実に儀式を行うし、なにより悪霊を察する力に優れている。だから浅彦が儀式に失敗したときもいち早く気づいたのだ」

　少々性格に難があるが、優秀であることは否定できない。

「それに、松葉は義理堅いところがあるのではないかと、少し期待している」

『借りを返しに来ただけ』と言いつつも、翡翠の存在を知らせに来た松葉は、約束さえすれば間違いなく手を貸してくれるような気がするのだ。

　中には口だけの死神もいる。手伝いを承諾しつつも自分の儀式が忙しければ約束を反故《ほご》にされないとは限らない。

「そうでしたか。私も義理堅いとは感じます。今でも怖いですけど……身構えるほど悪い死神さまだとも思えません。そうでなければ、私はここで笑ってはいないでしょうから」

八雲は納得した千鶴を置いて、松葉の屋敷へと急いだ。

◇◇◇

風が冷たくなってきた日の昼下がり。松葉が縁側で寝転び空を見上げていると、死神の気配がして門に視線を送った。

「勝手に入ってくるな」

体を起こし、姿を現した八雲を制すると、鼻で笑っている。

「どの口が言っているのだ」

それもそうだ。散々八雲の屋敷に勝手に入り込んだのだから。

「なんの用だ。千鶴をくれるのか？」

自分を毛嫌いしている八雲が、用もないのに来るわけがない。

「まさか。今日は頼みたいことがあってきた」

遠慮なしにずんずん庭を進み、松葉のいる縁側まで来た八雲は意外なことを言う。

「俺に頼みごと？　面倒は嫌いなんだが」

「知っている」

即答する八雲が癪に障る。しかし、誰かに頼らずともなんでも自分でこなしそうな八雲がなにを望むのか興味があった。

「まあ、いい。話してみれば？　引き受けるかどうかは別だが」

「私はしばしし小石川を留守にする。浅彦に台帳を託すが、浅彦には悪霊を消す力が備わっていない。万が一のときに力を貸してくれないか。頼む」

そう言ったあと深々と頭を下げるので、ひどく驚いた。千鶴をさらったせいで怒り心頭のはずの八雲がする行為だとは思えなかったのだ。

「つまり、俺に悪霊を消せと？」

「もちろん、浅彦が失敗しないと信じている。しかし千鶴が生贄になってまで守りたかった小石川を、廃墟《はいきょ》にするわけにはいかない」

松葉には、人間を娶って大切にしている八雲の気持ちがよくわからない。しかし千鶴と接しているうちに、この女と一緒にいたら楽しそうだと感じたのも否定できなかった。

とはいえ、こうして頭を下げる理由が、幽閉されるのが嫌だからではなく、千鶴の望みだからというのが理由だとは。やはり八雲がわからない。

「なんで俺が」

相変わらず自分のためではなく他人のためという態度に、松葉はなぜかいら立ちを覚える。そのせいか、ひどく冷淡な言い方になった。いや、松葉はもとよりこんな死神なのだが。

「頼む」

するとヤ雲はもう一度頭を下げてくる。

千鶴をさらい、危ない目に遭わせた自分を嫌っているはずなのに、頭を下げるなど屈辱ではないのかと不思議だ。

「お前には自尊心というものがないのか」

「そのようなものはどうでもいい。大切なものは他にある」

そう言いきる八雲の大切なものとは、千鶴や一之助、あとはあの見習いなのだろうなと容易に想像できる。

そういえば、千鶴もそうだった。身に危険が及んでいるというのに、八雲の心配ばかりしていた。

「なんなんだ、お前たちは」

松葉には八雲たちの言動がさっぱり理解できない。ただ、感じたことがない胸の痛みのようなものに襲われていた。

「千鶴が懐妊した」

「は？」

唐突に、伴侶の懐妊を告白する八雲に目を丸くする。

「私の屋敷に来ていた死神――翡翠が大主さまだとわかった」

「まさか……」

あの強い気がそうだったのか。誰も姿を見たことがない大主さまが現れるとは、いったい何事だろう。

「私たち死神に感情がないのは、翡翠が取り上げたからだ。しかも生まれたての子を両親から無理やり奪って」

松葉はすべてを察した。大主さまが突然八雲の屋敷に現れたのは、八雲と千鶴の子をさらうためだと。

「翡翠は、私たちの子が生まれたら連れ去るつもりだ」

その通りの返事に、松葉の肌が粟立《あわだ》った。

八雲や千鶴のことなんてどうでもいいはずなのに、どうしてなのか自分でもわからないのだが。

「それで？　お前が小石川を離れることとなんの関係がある」

「翡翠と話をつける。そのために会いに行く」

「会いに？　どうやって」

「翡翠のところに行ける呪文を手に入れた」

八雲の眼光が鋭い。相当な覚悟があると感じる。

「なるほど。それで大主さまに逆らえば幽閉されるかもしれない。幽閉されたあとの小石川をなんとかしろと俺に言っているのか？」

数日ならまだしも、それはさすがにお断りだ。

「いや。私は戻ってくる」

その自信はどこから来るのだろう。

「そんなことはわからないだろ」

「生まれてくる子は自分たちで必ず育てると、千鶴に約束したのだ。だから戻ってくる」

そんな口約束が根拠だと言うのか。

松葉は八雲の甘さにいら立つ一方で、自分の心が揺れ動くのを感じていた。

なぜ八雲はこれほど堂々と、そんなつまらない約束を他人に話せるのか。先ほどから感じるこの妙な胸の痛みはなんなのだ。

松葉は激しく葛藤していた。

ああ、そうか。自分は八雲がうらやましいのだ。

あの千鶴という、とんでもなくまっすぐで一生懸命な女を妻に置き、さらには子までもうけるとは。誰かとかかわるのは面倒だと思っていたのに、八雲たちを見ているとそれもいいかもしれないと思いつつある。

もしかして、これが感情というものなのか。大主さまに取り上げられたという感情が戻ってきているのだろうか。

混乱する松葉は、視線をさまよわせてしばらく黙り込んだ。

「頼む。この周辺で死神としての能力が高いのはお前だ。どうか私たちを助けてくれ」

八雲はためらう様子もなく、再び首を垂れる。

千鶴や子のために面目もなにもかなぐり捨てて、こんなふうに乞《こ》えるとは。

「ああっ！　もう、わかった。あの見習いに、困ったら訪ねて来いといっておけ。ただ、最低限のことしかしないぞ」

「もちろん、それでいい。ありがとう、松葉」

感謝の言葉をもらったのが初めての松葉は、ハッとする。

人間をどれだけ黄泉に送っただろう。死神がいなければ人間など、とうの昔に滅びているだろうに、罵倒された覚えしかない。だから『ありがとう』という言葉がひどく新鮮で、いつまでも耳に残る。

「大主さまといえば……」

松葉はふと思い出したことがあった。

「なにか知っているのか？」

「遠い昔に一度交代したと聞いたが、お前も知っているか？」

「いや、初耳だ」

かなり前のことなので、もはやどこで聞いたのかも覚えてはいないが、その記憶を必死に手繰り寄せた。

「感情といえば……」

「感情がどうかしたのか？」

「噂の域を出ないが……大主さまが代わる前は、死神には感情があったとか」

松葉はそのときはなんの興味もなくて、ふーんと流したが、自分の心が動くのを感じた今、とても気になりだした。

「そうだったのか。大主さまは、無条件に我々の感情を奪うわけではないのだな。翡翠がそうなだけで」

八雲は一瞬驚いたように目を見開いたものの、冷静だ。

「そもそも、すべての死神に感情が備わっているのだ。だが、幼い頃から翡翠の監視下で孤独があたり前の年月を送り、挙げ句、死神としてのひとり立ちの儀式の折にそれまでの必要ない記憶が消される。そのとき一緒に、感情も封印されるのだ」

自分ももともと持っていたものなのか。八雲たちを見ているうちに、抑え込まれていたそれが目を覚ましそうになっているのかもしれない。

過去の記憶を引きずり出した松葉は、いろいろと合点がいった。

「先代さまが使っていなかった呪文には、完成されていないものもあると聞いた。感情を奪う呪文もそうだとすれば、そのせいで完全に感情がなくなっていないのではないか？　お前は千鶴が現れたのをきっかけに、思い出したのだ」

そして松葉自身も、八雲や千鶴とかかわるうちに、少しずつ封印のほころびが大きくなっているような気がしている。

「……そうかもしれない。先日会った死神も、他の者への義理のような感情を持っていた。大きく心を揺るがすきっかけがあると、封印がほどけていくのかもしれぬ」

八雲も納得している。

「なぜ大主さまは感情を取り上げたのだ」

ふとわいた疑問を松葉が口にすると、八雲は眉をひそめて口を開く。

「おそらく、余計な感情を持たれては自分に歯向かう者が出てくると思ったからだろう」

「歯向かう……。そういえば、先代さまは今の大主さまに幽閉されたと噂されていたような。なにがあってそうなったのかは定かではないが」

翡翠はなにかしらの不満から先代さまを封印したが、同じ目に遭いたくはないということか。

自分には関係ないと忘れかけていたのに、とても重要な話のように思えて松葉は打ち明けた。

「なるほど。参考になった。それでは頼む」

八雲は門のほうへと歩いていく。

「おい」

松葉は無意識に八雲を呼び止めた。

「なんだ？」

振り返った八雲は困惑の表情を浮かべている。

「必ず戻ってこい。ずっと儀式の代行をするのはごめんだ」

「ああ。必ず」

かすかに微笑んだ八雲は、今度こそ出ていった。

「なんであんなこと……」

口走ったのだろうか。どうして、うっとうしいと思っていた八雲の願いを聞き入れ、わざわざ記憶を手繰り寄せて長話をしてしまったのか。

八雲がどうなろうが知ったことではないし、儀式の肩代わりだって嫌なら断ればいい。それなのにどうして……。

松葉は自分のことがよくわからなくなった。

◇　◇　◇

庭の竜胆《りんどう》が美しく花開いたその日。

一之助を昼寝させた千鶴は、八雲に呼ばれて彼の部屋へと足を運んだ。すると浅彦と竹子がすでにいて待ち構えている。

途端に心臓が早鐘を打ち始めたのは、いよいよその日が来たのだと察したからだ。

「座りなさい」

「はい」

平静を装いたかったのに、短い返事ですら震えてしまった。

浅彦と竹子の間、八雲の目の前に腰を下ろすと、八雲にまっすぐに見つめられて息が詰まりそうだった。

「本日、翡翠のところに向かう。浅彦は私が戻ってくるまで小石川を守ってほしい」

「御意」

いつもはふんわりした雰囲気で和ませてくれる浅彦も、さすがに表情を引きつらせている。

「竹子は千鶴を支えてほしい。一之助の世話も、できる範囲で頼む」

次に八雲が竹子にそう伝えたが、竹子は返事をすることなく難しい顔で千鶴に視線を送る。

「千鶴は体を大切に、一之助と――」

「千鶴さんは、それでいいのですか？」

八雲が千鶴に語りかけると、それを遮るように竹子は真剣な表情で問う。

「えっ？」

「八雲さま。千鶴さんを本当に置いていかれるおつもりですか？」

竹子は八雲にも質問をぶつけた。すると八雲は両眉を上げて目を見開いた。

「千鶴は腹に子を宿しているのだ。危険なところに連れては行けぬ」

「死神さまは、人間の死期をお調べになれるはず。千鶴さんは近々命を落とされるのですか？」

「いや……。だが、連れていけと？」

らしくない慌てた声をあげる八雲は、膝の上の手を強く握る。

「残された者の苦しみもわかってください。あんな苦しい思いをするくらいなら、私も連れていってほしかった。和泉さまと一緒なら、たとえ幽閉されたとしても後悔はなかったと断言できる。私も宗一のためにならなんでもしたのに。私に残されたのは無力な自分の虚しさだけだった」

悲壮感を漂わせる竹子は、あふれる涙を拭おうとしない。そのときの気持ちが想像できるからこそ、千鶴の胸は張り裂けんばかりに痛んだ。

「しかし」

一方で、渋い顔で首を振る八雲の戸惑いも手に取るようにわかる。なにせ、少し熱っぽいというような千鶴のちょっとした変化にも気づき、甲斐甲斐《かいがい》しく世話を焼くほどなのだから。

「それに、八雲さまが大主さまのところに向かったあと、入れ違いで千鶴さんを奪いに来たらどうするんだい？　私は一之助くんの相手はできるが、死神相手に戦う術は持っていない。浅彦さまがいるといっても、儀式に行かないわけにはいかないだろうに」

千鶴は竹子の言葉に背筋が凍った。

たしかに、ここに残ったら安全だという保障はひとつもない。実際、翡翠は自由に出入りしていた上、現れるのは決まって八雲や浅彦がいないときだった。翡翠みずから乗り込んでこなくても、人間相手なら使いの魁ひとりで十分だろう。

「それは……」

八雲は眉間にしわを寄せて唇を噛みしめる。

「八雲さまは、自分で千鶴さんを守れなくても後悔しないのかい？　私だって、大主さまのところに千鶴さんを連れていくのは無謀だとわかってる。でも、この屋敷に残っても危険があるなら、しっかり手をつないでいるべきではないのかい？」

八雲は竹子の発言になにも言い返さない。どうするのが最善なのか、考えあぐねているのだろう。

誰もが口を閉ざし、ひりつくような緊張感が張り詰める。その静寂を破ったのは千鶴だった。

「八雲さま。私を連れていってください」

「そんなに簡単なことではない」

八雲が即座に言い返すが、千鶴とて承知している。

「私もこの子の親なのです。この子のために闘いたい。この子から感情を奪いたくない」

気がつけば、滾《たぎ》る胸の内を八雲にぶつけていた。

「人間の私ができることなんて、まずないでしょう。でも、八雲さまおひとりではどうにもならないことでも、ふたりならなんとかできるかもしれません。……私は、後悔します。八雲さまから離れたら、きっと後悔します」

「私だって、片時も離れたくはない。しかし、千鶴や子になにかあったらと考えたら、安易に連れていくとは言えぬ。死神のしがらみに巻き込んだのは私だ」

八雲は悔しそうな顔でそう吐き出した。

けれど、千鶴は首を横に振る。

「それは違います。巻き込まれたのではありません。私は自分の意思で八雲さまの妻となりました。生贄として命を捧《ささ》げたわけでもなく、八雲さまを心からお慕いして……。死神だとか人間だとかは関係ありません。八雲さまだから、ともに生きたいと思ったのです」

千鶴は心の奥底から叫んでいた。

八雲が死神の世の理不尽に千鶴や子をさらしたという罪の意識を抱いているのは気づいていた。しかし千鶴は、八雲の妻となったことを一度たりとも悔やんだことはないのだ。

「私の幸せは、八雲さまとともにあります。私がお慕いしているのは八雲さまだけ。乗り越えなければならない壁があるのなら、一緒に越えていきたい」

「千鶴……」

剝《む》き出しの感情をさらすのは恥ずかしいものだ。しかし、口にせずにはいられない。

「それに、翡翠さんがこの子を狙っているのだとしたら、確実に生まれてくるはず。

この件が終わったら、八雲さまを困らせるくらい甘えます。だから……」

感情が荒ぶりすぎて息が苦しい。けれども、今、思いをぶつけなければ確実に悔いが残る。

「……約束を破ってはならんぞ」

ふと八雲の顔から険しさが抜け、千鶴の肺に酸素がたっぷり入ってくる。

「えっ？」

「翡翠のところから戻ったら、私に甘えるのだぞ」

そう口にする八雲の耳がみるみる真っ赤に染まっていく。

「八雲さま、照れくさいのであれば私たちは出ておりますが」

浅彦が茶々を入れると、八雲はギロリとにらんだ。

「お前はひと言多いといつも言っているではないか。……しかし、そうしてくれ」

千鶴は八雲の言葉に耳を疑った。てっきり浅彦を皮肉るだけだと思ったのに、そうしてくれとは。

「承知しました」

浅彦はどこかうれしそうに竹子に視線を送る。するとまだ頬に涙の跡を残す竹子も笑顔になり、すぐさま部屋を出ていった。

「千鶴」

ふたりが出ていき障子が閉まった途端、八雲は千鶴を強く抱きしめる。

「八雲さま……」

「お前には苦労をかけてばかりだ。だが、どうしても手放せない」

千鶴は八雲の着物を強く握り、温《ぬく》もりを貪る。

「私だって離れられませんから、おあいこです。ううん、離さないで」

もう、本音しかいらない。

千鶴は八雲に気持ちをぶつけた。すると、一層強く抱き寄せられる。

八雲の心臓の鼓動が速く感じるのは気のせいだろうか。

「必ずふたりで戻ろう。この子を幸せにしなければならぬ」

「はい」

千鶴が返事をすると、ふと腕の力を緩めた八雲は、優しい口づけを落とした。

一途な愛は感情を揺さぶる

「行ってまいります」

旅立ちは、五人で食卓を囲んだ夕げのあと。

一之助には、赤ちゃんを守るためにしばらく出かけなければならないと伝えた。すると、彼はなにも言わずに千鶴にギュ〜ッと抱きついてきたが、しばらくすると手を放し「早く戻ってきてね」と口角を上げて言った。

もちろん、それが寂しさを隠しての笑顔だと誰もが気づいていて、いじらしい。とはいえ、泣かずに踏ん張る彼の成長も感じ、頼もしく思った。

「一之助。私たちがいない間、浅彦を頼むぞ」

「はーい」

「八雲さま？　逆ですよ、逆！」

したり顔で元気に返事をする一之助と、小鼻を膨らませて抗議する浅彦がおかしい。

しかしいつもの光景に、千鶴の緊張も緩んだ。

「竹子。必ず連れて帰ってくる」

八雲は竹子にも声をかける。

「どうか、よろしくお願いします」

深々と腰を折る竹子は、頭を上げると千鶴に近寄り抱きしめた。

「あなたの目は間違ってないよ。こんなにいい旦那さま、そうそういない。必ず元気で帰っておいで」

「はい。すぐに戻りますから、一之助くんをよろしくお願いします」

千鶴がそう伝えると、竹子は大きくうなずいた。ここは任せてと思っているに違いない。

「浅彦。私がいない間は、お前がこの屋敷の当主だ。くれぐれも頼む」

「心得ております。こちらの心配はいりません。どうかご安心を」

浅彦の力強い言葉に安心した。

儀式に失敗し、悪霊を生んでしまった頃はどこか危うさがあったけれど、日に日にたくましさを増している。

八雲が万が一のときのために松葉に頭を下げたと知ったとき、八雲以上に松葉に怒りを抱いている浅彦は複雑だったようだ。でも、それが最善だと思い直し『松葉の手を借りなくて済むようにします。しかし必要なときは、ためらわずお願いに行きます』と八雲に宣言したのだとか。

「それでは千鶴。参るぞ」

「はい」

千鶴は八雲が差し出した手をしっかり握った。

八雲は毎日の儀式に使う死神の血から作った赤い液を指先につけ、それを額に置く。そして、和泉が残していった呪文を唱えだした。

緊張で卒倒しそうな千鶴だったが、八雲を信じてそっと目を閉じた。

しばらくすると、ふわっと浮いたような不思議な感覚に襲われて、怖さのあまり八雲の腕に両手でしがみつく。

「ついたようだ」

八雲の声をきっかけにおそるおそるまぶたを開いたけれど、そこには真っ暗な空間が広がっているだけだ。

目が利かずおびえる千鶴は、八雲から離れまいと一層手に力を込めた。

一方で、がらんとしているのが不思議でもあった。死神の世の頂点に君臨する大主さまがいる場所だとは、とても思えなかったのだ。

「ここ、ですか？」

「そのようだな」

千鶴は落ち着きなくあたりを見回したものの、なにも視界に入らない。翡翠や使いの魁がいなくて安心したような、静かすぎて不気味なような、複雑な心境だった。

「千鶴。決して私から離れてはならんぞ」

「承知しております」

「強い気を感じる。おそらく翡翠はこっちだ」

千鶴にはさっぱりわからないが、八雲は翡翠の気配を感じるらしい。八雲は千鶴の手をしっかりと握り直してから足を進めた。

千鶴の目は次第に暗闇に慣れてきたけれど、やはりなにもないし誰もいない。禍々《まがまが》しい空気の中、道なき道を一直線に進む八雲は、一歩足を踏み出すごとに周囲を警戒している。

さらに数歩進んだところで、ふと周囲が明るくなり、同時に頬に強い風を感じて、瞬時に空気が張り詰める。八雲はすぐさま千鶴の前に立ちふさがった。

たちまち心臓が口から飛び出してきそうなほど激しく暴れ始め、千鶴の背筋に冷たいものが走る。

翡翠が現れたのだろうか。

「よく来たな。といっても、歓迎などまったくしていないが」

八雲より幾分か高い男の声がしたので、息が止まりそうになった。

大きな八雲の背に隠れていては、その声の主を確かめることはできないが、おそらく使いの魁だろう。

「翡翠に会わせてくれ」

「と言ったら、素直に会わせるとでも？」

どこか挑発的な物言いの男からは余裕を感じる。

千鶴はその言葉をきっかけに、八雲の背から顔を出して声の主の姿を確かめた。

そこに立っていたのは、人間の世では見たことがないほど背が高く、筋骨隆々といった感じの大男。腕を組み、八雲を見下ろしている。

彼の着物の袖から覗いているのは、筋肉の筋が浮き上がった太い腕。短めの髪に眉は凜々しく、見るからに強そうだと感じて、恐怖で千鶴の呼吸が浅くなっていく。

それなのに、八雲は平然とした顔をしていた。

「お前が魁か？」

「いかにも」

にやりと冷たい笑みを浮かべる魁に視線を向けられた千鶴は、八雲の腕を強くつかんで顔を引きつらせた。

「あはははは。情けない妻だ。おどおどしていて、翡翠さまとはまるで違うな。ひとりではなにもできない役立たずの人間など、どうして囲っているのか理解に苦しむ」

千鶴は、悔しさに唇を噛みしめた。自分のせいで八雲が卑しめられたからだ。

「お前に理解を求めてはいない。それに、他人の子をさらうお前たちのほうが理解できない」

八雲は、大男であり、死神の世の頂点に立つ大主さまの従者に対しても、少しもひるむ様子がない。

「ふん」

鼻で笑う魁は、横目で千鶴を見てから口を開く。

「しかし……まさか人間まで連れてくるとは」

「計画が狂ったか?」

どういう意味なのだろう。

千鶴は八雲の真意を測りかねたが、眉をぴくっと動かした魁は喉仏を大きく上下させた。しかし、再び冷酷な笑みを浮かべる。

「ああ、そうだ。八雲がこちらに来た折を見て、私がその千鶴とやらを奪うはずだった。そこまで見抜いているとは、さすが翡翠さまを前に涼しい顔をしていた死神なだけはある」

千鶴の肌がたちまち粟立つ。

竹子が危惧していた通りだったのだ。もし八雲の屋敷に残っていれば、今頃翡翠の手に落ちていたに違いない。

それに、どうやら魁は八雲が翡翠と対峙したときも、近くに控えていたようだ。

用意万端で接触してきた翡翠に心を許した自分が情けなくて、千鶴は拳を握った。

「どうして……。どうしてそんなひどいことができるの？　私たちがなにをしたんですか？　自分の子は自分で育てるべきでしょう？」

千鶴がたまらず口を開くと、魁が鋭い目で刺した。

「ここは死神の世だ。すべての死神は大主さまの命のもとに動く。大主さまがおっしゃることに口答えは許されない」

「そんなのあんまりです。翡翠さんの勝手で、竹子さんがどれだけ苦しんだか。竹子さんと宗一くんを守るために危険を承知で乗り込んだ和泉さまの無念も……。愛されて生まれてきたのに、その愛を感じる間もなく感情を取り上げられた宗一くんも、誰ひとり幸せではありません」

千鶴は握りしめた手を胸に置き、身を乗り出して訴える。感情が高ぶりすぎたせいか全身が熱くなり、鼓動が速まるのを制御できない。

「知るか。大主さまのおっしゃることがすべてだ。それに、なにがあっても苦しまないように、感情を取り上げるという配慮を大主さまがしてくださっているのに、人間ごときがこちらの世に入り込んでそれを壊すとは、あるまじき行為。人間が苦しむのは自業自得だ」

顔を真っ赤に染めて訴える千鶴とは対照的に、魁は見下したように言う。

「千鶴は私に胸が温かくなるということを教えてくれた。人間は、魁が思うような心が醜い者ばかりではない」

八雲は呼吸を乱す千鶴の腰をしっかりと抱き、魁に伝える。しかし魁の表情はぴくりとも動かない。

「それがどうした。別に、胸が温かくなる必要などない」

魁とは意見が交わりそうにない。感情がそぎ落とされているのだから当然か。

とはいえ、お腹に宿った命を易々《やすやす》と差し出すつもりはまったくなく、千鶴はもう一度口を開いた。

「そうでしょうか。あなたはそうした経験がないから、そう思わないだけでしょう？」

「そもそも、お前の意見など聞いてはいない。どれだけわめこうが、お前の腹の子は死神の世の掟《おきて》の中で生きる。帰れ。子が生まれたら迎えに行く。それまで猶予をやろう」

顔色ひとつ変えずきわめて冷静に言い放つ魁は、面倒そうに手で追い払うような仕草を見せた。

「翡翠に会わせろ」

しかし動じないのは八雲も同じ。一番重要な要求を繰り返す。

「聞こえなかったのか？　帰れといっているのだ。翡翠さまはお前に用などない」

「私はあるのだ。もう一度言う。翡翠に会わせろ」

八雲が落ち着き払ってそう口にすると、魁は眉をひそめた。

「しつこい」

その瞬間、魁がカッと目を見開いたかと思うと旋風が起こる。ひるむ千鶴の前に八雲が立ち塞がり、足を踏ん張って盾となった。

「八雲さま！」

風はすぐに収まった。千鶴が伏せていた顔を上げると、目の前の八雲の着物の左袖が切れており、血がにじんでいる。

「かすり傷だ。心配には及ばぬ。血に触れてはならんぞ」

「はい」

どうやら魁が起こした風で怪我《けが》をしたようだ。

八雲は平然としているが、千鶴のためなら身をなげうとうとする彼が心配でたまらない。なにもできないのがもどかしかった。

「人間ごときをかばうとは。死神の権威も地に落ちたものだ」

「いきなり人間に危害を加えるお前に、権威などあるというのか？　力のない者のすることだ」

堂々と反論する八雲を鋭い眼光で睥睨《へいげい》する魁は、チッと小さな舌打ちをした。

「お前は翡翠を近くで支えてきたのだな。ということは、翡翠がしてきた行為をすべて見てきたはずだ」

「だから？」

「それらがすべて正しいと、お前は思っているのか？」

八雲が問うと、一瞬魁の目が泳いだ。

「死神の世の掟だと？　私たちから感情を奪ったのも子を奪うのも、掟などではない。翡翠が自分の都合のよいように作った決まりだ。そもそも先代さまは感情を奪うような行為はされていなかったはずだ」

千鶴は思わぬことを口にした八雲を見上げた。

先代さまということは、翡翠の前に大主さまとして君臨した死神がいたということに違いない。しかも、先代さまが治めていた頃は、死神にも感情があったとは驚きだ。

「たしかにそうだが、翡翠さまがそうお決めになったからこそ、八雲は平穏に暮らせていたはずだ。そこの人間がこちらの世に来るまでは」

魁がゆっくりとたくましい腕を上げていき、千鶴を指さすので、緊張で鼓動が速まっていく。すると八雲が前に立ちふさがった。

「今も平穏だ。翡翠やお前が私たちの生活をかき乱さなければな」

八雲がそう反発した瞬間、ゾクッするような不吉な空気があたりに漂い始めた。八雲もそれを感じ取ったようで、すぐさま千鶴の腰を抱き自分の懐に引き寄せる。

「私のそばを離れるな」

「はい」

これからなにが起こるのかと息が詰まりそうな千鶴だったが、自分には八雲がついていると思ったら少し落ち着いた。

やがて、少し離れた場所から強い光を感じて目を背けると、淀んだ空気が嘘のように消え、翡翠が立っていた。

「……翡翠さん」

「千鶴さん、久しぶりね。お元気かしら？」

八雲の屋敷を訪れたときのように人懐こい笑みを浮かべる翡翠は、とても残酷な行為をする大主さまには見えない。

あんな恐ろしいことを言い残して去ったというのに、今までとなんら変わりない様子がかえって千鶴の心をえぐる。他人の子をさらっても彼女の心は少しも痛まないのだと。

「ご懐妊、おめでとう。念願叶ってよかったわね。それで、自分から子を差し出しに来てくれたの？」

にこやかな表情のまま冷酷な言葉を口にする翡翠に、千鶴の顔が青ざめていく。千鶴の常識では測れない彼女を説得することなどできるのだろうかと、絶望的な気持ちに陥った。

それでももちろん、あきらめるわけにはいかない。

「この子は私たちに育てさせてください。必ず一人前に育てます。この子に愛を注がせて」

無意識に下腹に手を置き、必死に訴える。

「愚かな人間の話を聞けと？　馬鹿馬鹿しい。そもそも人間は私たち死神がいなければすでに滅びている。感謝してほしいくらいだわ」

翡翠があきれ返って言った。

もちろんそれはわかっているし、感謝している。死神が儀式を怠り悪霊があふれれば、今頃人の世は廃墟と化しているはずだ。

「死神さまが私たち人間を守ってくださっていることには、お礼申し上げます。ですが、この子は私たちの子です。いつか死神としてひとり立ちするときがくれば、送り出します。死神さまの役割が尊いものだと知ったから」

千鶴は必死に訴え続ける。

この子とずっと一緒に暮らせたら幸せだ。とはいえ、人間とて成長すればひとり立ちしたり嫁に行ったりして親元を離れていく。それが成長というものなのだから、死神という特殊な役割を果たす存在だとしても受け入れる覚悟はある。

ただ、それまでは存分に愛を注ぎたい。それが親心というものではないのだろうか。

次に口を開いたのは八雲だ。

「私たちの子を渡すつもりはない。翡翠に預けずとも一人前にできると私たちが証明する」

千鶴は八雲の着物を強くつかみながらうなずいた。

「翡翠は感情をなくせば苦しい思いをしなくなると話していたが、それは認める。しかし、誰かからの愛を感じ、喜びを分かち合うということを覚えれば、その苦しみを乗り越える力になる。もちろん、乗り越えられないほどつらいことはあるだろう。だからといって本来あるものを奪うのは……」

八雲がそこで言葉を止めたのは、翡翠が八雲ではなく魁に歩み寄っていったからだ。そしてなにを思ったのか、翡翠は右手を振り上げて、勢いよく魁の頬に振り下ろした。

バチン！　という乾いた音に千鶴も八雲も愕然《がくぜん》とする。

「そもそも、こんな面倒なことになったのは、和泉が呪文を残したことに気づかなかったお前の失態だ」

「申し訳ございません」

頰をぶたれた魁は、すぐさま翡翠の前に跪《ひざまず》き首を垂れる。

「まったく無能な死神ね」

淡々と言う翡翠がもう一度手を振り上げるのを、千鶴は見ていられなかった。

「やめてください」

とっさに魁の前に体を滑り込ませて翡翠を止める。

「邪魔よ」

冷ややかな視線を千鶴にぶつける翡翠は、少しも心が動かないのだろうか。

八雲は死神には感情がないのではなく、それを取り上げられたという。大主さまである翡翠は、自身の感情も封印したのかもしれない。

千鶴はその欠片《かけら》が残っている可能性を期待しつつ、翡翠を見つめる。

「自分から飛び込んでくるとは、馬鹿な女」

そうあざ笑う翡翠の視線が千鶴の背後に向き、なにやら目配せしている。異変を感じた八雲は千鶴に手を伸ばして、自分のほうに引き寄せた。

すると、翡翠は鋭い目で魁をじっと見つめる。

「目の前に千鶴がいるのになにもできないとは。お前も幽閉されたいのか」

眉ひとつ動かさない翡翠のひどく冷酷な言葉を聞き、千鶴の背筋に冷たいものが走った。翡翠が魁に意味深長な視線を送ったのは、千鶴を連れ去れという合図だったのだ。

「彼は翡翠さんの従者なのではないですか？　あなたのために働いてきたのではないですか？」

八雲に抱きかかえられたまま千鶴が言葉を紡ぐ。魁は自分にとって敵対する恐ろしい存在ではあるけれど、翡翠の叱責があんまりだと感じたのだ。

「そうよ。だから？」

「浅彦さんは八雲さまを心から尊敬して仕えています。彼もそうなのでは？　それなのに――」

「浅彦はそうかもしれないけど、魁は違うわ。死神の世で私に盾つけば幽閉あるのみ。だから、仕方なくそうしてきただけ」

翡翠は千鶴の言葉を遮る。すると、険しい顔で聞いていた魁がすっと立ち上がった。

「違います」

「は？」

大男には似合わず消え入るような声での魁の反論に、翡翠は怪訝な声を出す。

「私は……私は誰よりも翡翠さまを尊敬し、ついていきたいと思ったからここにいるのです」

今度は意志を感じる強い口調で魁は告げた。

「ああ、そう。それならなおさら私の命に従いなさい」

翡翠は一歩足を踏み出し、もう一度魁の頬を叩く。けれど大男は微動だにせず、悲しげな目を翡翠に注いだ。

「翡翠さま。あなたは変わってしまわれた」

肩を落とす魁は、顔をゆがめながら話し始めた。

「変わってなどいないわ」

「いいえ。翡翠さまは悪ぶっていらっしゃる。本当は途轍もなくお優しい方なのに」

「なにを……。黙りなさい」

魁の言葉をピシャリと制した翡翠だったが、視線が激しく動き落ち着きをなくしている。

「翡翠さまは、先代さまの愛情を感じていらっしゃったはず。ただ、大主さまの素質が紅玉《こうぎょく》さまにあっただけ。翡翠さまが劣っていたわけではございません」

紅玉という聞き覚えのない名が出て千鶴は八雲を見上げたが、彼も知らないらしい。

小さく首を横に振っている。

「心根の優しい翡翠さまは、大主さまとしては生きづらい。大主さまは、ときに冷酷な判断を下さなければならないのはご存じですよね。先代さまは、翡翠さまはその地位に縛られないほうがお幸せになれると考えられたのです」

「黙れ。黙れ、黙れ！」

興奮気味の翡翠は、魁の着物の襟首をつかんで鼻息を荒くする。そのすさまじい剣幕を見て、翡翠の心が動きだしたのかもしれないと感じた。

強く制された魁は、深沈たる様で翡翠の手をそっと握り、続ける。

「先代さまは、間違いなく翡翠さまも紅玉さまと同様に愛しておられた。私が嫉妬するほどに。それを信じなかったのは翡翠さまです」

魁の瞳に悲しみの色が浮かぶ。翡翠を責めているというよりは、憂愁と失意でいっぱいというように見えた。

おそらく幽閉覚悟で物申しているだろう、切羽詰まった魁の言葉が翡翠に届きつつあるのか、彼女は魁の着物から手を放す。

「翡翠さまは先代さまから呪文が書かれた教本をお盗《と》りになり、先代さまと紅玉さまを幽閉された。そして憎しみや妬みという感情がときには恐ろしい凶器となると、身をもって知ることとなられた」

それですべての死神から感情を奪ったのだと、千鶴は納得した。神妙な面持ちで翡翠を見つめる八雲は、千鶴の肩を抱きしめる。

紅玉がどんな存在なのかいまだわからないけれど、大主さまである翡翠に匹敵するような死神だったと想像できる。翡翠はその紅玉と大主の座を争ったのだろう。

「八雲が言った通りです。翡翠さまは、感情を奪ったのは永遠に生きなければならない死神たちが苦しまないようにするためなどという大義名分を口にされますが、自分に逆らう存在を作りたくなかっただけ。ご自分の立場を守ろうとしただけです」

「魁！　誰に物申しているかわかっているのか！」

鬼の形相というのはまさに今の翡翠の表情のことだ。目はつり上がり、まるでよくないものにでも憑依《ひょうい》されたかのように醜悪な気配を漂わせる。初めて八雲の屋敷を訪れたときの雅《みやび》やかで楚々《そそ》とした姿はどこにもなかった。

翡翠は完全に感情を取り戻したようだ。

魁はひるむ様子もなく、翡翠に強い視線を向け続ける。

「翡翠さまは弱いのです。先代さまは他の死神が感情を持ち、たとえ憎悪の念を自分に向けられても、死神たちをたしなめて見事に導いておられた。もし先代さまに過ちがあったとすれば、翡翠さまに愛情を伝えきれなかったことだけ」

魁が厳しい言葉を投げつけると、翡翠は表情をなくす。まるで能面のように体温を感じられないその顔が、おぞましさを助長させた。

「お前がそこまで愚かだとは知らなかった。どうやら私の目は節穴だったようだ」

先ほどの激昂《げきこう》から一転。冷静沈着に言葉を紡ぐ翡翠は、自分の指を口に持っていったかと思うと思いきり噛み、血を滴らせる。そしてその血を額につけて、なにやら呪文を唱え始めた。

「千鶴」

八雲はとっさに千鶴を引っ張り、ふたりから離れる。けれど翡翠は八雲や千鶴には目もくれず、ただ魁を見つめていた。

「幽閉の呪文かもしれぬ」

「そんな……」

千鶴は、なんとかしなければと足を一歩踏み出した。しかし当然八雲が許すはずもなく、あっけなく引き止められる。

「ここにいろ。私が行く」

八雲は千鶴が止める間もなく翡翠に近づいていった。その間も翡翠は、恐ろしいくらいに集中して呪文を唱え続けている。

八雲が翡翠の近くまで行き手を伸ばしたが、弾《はじ》き飛ばされた。

そのとき、千鶴の脳裏を松葉の屋敷に閉じ込められたときのことがよぎった。結界が張られているのだ。

一旦は離れた八雲だったが、覚悟を決めたように表情を引き締めて再び翡翠に挑む。

千鶴には結界が見えなくても、八雲には最初から見えていたはずだ。それでも、魁を救おうとしているのだ。

言うなれば、ふたりは八雲や千鶴の敵だ。仲違《なかたが》いしてひとりでも消えてくれたほうがいい。けれど、千鶴はそうしたくなかった。幽閉というものが誰も幸せにしないとわかっているからだ。

しかも、翡翠のひとりよがりな暴走を止められるのは、魁だけな気がするのだ。おそらく結界に挑む八雲も同じ気持ちのはず。

「もうやめて！」

友だと思っていた翡翠に伝わってほしい一心で叫ぶ。けれど、そんな叫びくらいでどうにかなるはずもなく、呪文は続く。

魁をどこかに逃がせばいいのではないかと思いついた千鶴は、魁に向けて一歩踏み出した。

「近づくな、千鶴。翡翠を止めなければ意味がない」

しかしそれを察知した八雲に止められる。

八雲の言い方では、魁がここにいなかったとしても呪文は有効なのだろう。

どうすれば……。

緊迫した空気に鼓動が激しくなり、胸が苦しい。空気を求めるように何度も息を吸ったのに、ますます苦しくなるばかりだった。

結界に弾き飛ばされるたびに傷を負い、歯を食いしばって痛みに耐えている八雲を見ているのもつらいが、千鶴にはなす術がなかった。

もう一度八雲が翡翠に近づいたそのとき、黙ったまま立ち尽くしていた魁が口を開く。

「先代さまは、翡翠さまが教本を盗んだことをご存じでした。翡翠さまを苦しめた罪滅ぼしとして、甘んじて幽閉を受け入れたのです」

魁は恐怖のあまり動けないでいると思っていたが、どうやら違ったようで、その声は落ち着いている。しかも、衝撃の告白に千鶴は息を呑んだ。

先代の大主さまが永遠に死ねない苦しさを知っていながら、すすんで幽閉されたとは、驚きを隠せない。

魁の発言をきっかけに翡翠の声がゆっくりになり、やがてやんだ。

翡翠は魁をじっと見つめたまま動かない。

悲しげな、しかしどこか熱を帯びた視線を翡翠に向ける魁は、この緊迫した空気にそぐわないようなかすかな笑みを浮かべて続ける。

「私は教本がなくなったと気づいた先代さまから、翡翠さまを頼むと仰せつかりました」

「どういう……こと？」

動揺しているのか、震える翡翠の声が張り詰めた空気を伝わって千鶴の耳に届く。

「私は何度もお伝えしたはずです。先代さまは翡翠さまを実の娘のように思われていたと。翡翠さまは紅玉さまと、双子というこの世では特殊すぎる生まれ方をしたがため、ご両親が育てきれず大主さまに託されました。そんなおふたりを、大主さまは大切に育ててこられた」

翡翠に双子の姉妹がいたとは。

魁の口から飛び出すのは、初めて聞く事実ばかり。千鶴だけでなく八雲もそうらしく、驚いたような顔をしている。

「もちろん、翡翠さまも紅玉さまも同じようにです。死神の世で双子がどういう存在なのか、誰も知りませんでした。しかしそのうち先代さまが、死神としての修行を積むおふたりが、とんでもなく高い能力をお持ちだと気づかれました。どこにいても、隅々の死神のことまで瞬時に把握できるのは、おふたりだけ。先代さまにも不可能なことでした」

心当たりがあるのだろう。反論ひとつしない翡翠はうつむいた。

「長く死神たちをひとりで率いてきた先代さまは、お疲れでした。無理に自分に従わせるわけでもなく、不満が上がればそのたびに話を聞き、死神としての役割を果たすようたしなめてこられたのですから。そこにおふたりが現れて、自分より能力がある死神に大主の座を譲るべきだと考え始めたのです」

先代さまは、翡翠とは真逆の柔軟な考えを持つ死神だったようだ。

「先代さまは、大主としての資質は紅玉さまにあると考えられた。それは翡翠さまが劣っているからではなく、他の者の心の機微に敏感でいらっしゃるから」

魁が顔をゆがめながら、どこか悔しそうに吐き出す。翡翠から放たれていた怒りの念が完全に消えた。

「そんなことはない」

「いえ。母親に捨てられたも同然で先代さまに引き取られた私に、手を差し伸べてくださったのは翡翠さまではないですか。一緒に泣いてくださったのは、翡翠さまです」

魁は熱のこもった言葉を口にしながら、翡翠に近づいていく。それまでずっと苦々しい顔をしていた翡翠だったが、目の前まで歩み寄った魁に向けた視線は柔らかくなっていた。

「先代さまはそんな翡翠さまを見てこられたから、多くの死神から不満をぶつけられる大主という立場はつらいだろうと思われたのです。割り切りのよい紅玉さまは、翡翠さまより気持ちの切り替えがお上手だ。先代さまが紅玉さまを次の大主さまに指名されたのは、その違いがあったからだけなのです」

魁が翡翠の両肩に手を置くと、彼女はひどく狼狽《ろうばい》する。しかし魁の手を拒否することもなければ、先ほどの醜い形相をした彼女もいなかった。

「……私は翡翠さまをお慕いしております。君主と従者という関係のそれではなく、千鶴を想う八雲のように」

魁の告白に翡翠は目を大きく見開く。しばし微動だにしなかった翡翠だったが、ふと我に返った様子で魁の手を払いのけた。

「それはお前の勘違いだ。お前は私が大主だから離れなかっただけ。大主の従者という地位は、手に入れたくとも簡単に手に入るものではない」

翡翠の反論に、魁は首を何度も横に振る。

「そんな地位が欲しかったわけではありません。ただ、あなたのそばにいるには従者になるしかなかった。あなたが大主さまでなければいいのにと何度思ったことか。大主さまでなければ、自由にふたりで生きられたのに」

「勝手なことを申すな！」

翡翠は声を荒らげるが、憤っているというより戸惑っている様子だ。

「そもそもなぜ、そんな感情がお前にあるのだ」

千鶴はその言葉を聞いてハッとした。

死神は翡翠に感情を取り上げられているはずなのに、魁が翡翠に愛を語るのは不自然だ。八雲と同じように、なにかがきっかけで思い出したのだろうか。

「翡翠さまへのこの気持ちを失いたくなかったのです」

「答えになっていない」

翡翠は厳しい口調で問い詰める。すると魁は彼女を強い視線で縛ったあと、再び口を開いた。

「教本に、ひとつだけ載っていない呪文があります」

「はっ？」

「翡翠さまの怒りが大きいことに気づいた先代さまが、それを私に託されました。呪文を無効にできる呪文です。万が一、翡翠さまが間違った道を選択されたら、私にそれを使えと言い残されました」

先代さまは、翡翠の暴走を見抜いていたのかもしれない。

双子の紅玉と天秤にかけられ、自分は劣等の烙印《らくいん》を押されたと勘違いしていた翡翠の落胆や憤りを感じ取り、一番近くにいた魁にそれを託したのだろう。

「翡翠さまが感情を封印する呪文を唱えたとき、私は自分にそれを使いました。翡翠さまがすることにすべて同意するつもりでついてきましたから、あとにも先にもそのときだけです」

そう語る魁は、重い荷を下ろしたかのように実に穏やかな顔をしている。

「なぜだ。そんな呪文を知っているなら、今も使えばよかったではないか」

「いいえ。翡翠さまの意思は私の意思も同然。翡翠さまが私をいらないのであれば従うまで。ただ、もう……。いえ、なんでもありません」

魁はなにかを言いかけてやめてしまった。

「そんな……」

翡翠は動揺を隠すことなく、何度も自分の気持ちを確認するかのように首を横に振っている。

「私が欲しいものはたったひとつ。翡翠さまです」

魁がもう一度気持ちをぶつけると、翡翠ははらはらと涙をこぼしだす。

「なに、これ……」

拭っても拭っても止まらないそれに驚いている様子の彼女は、自分がどうして泣いているのかわからないようだ。

千鶴はそんな翡翠に歩み寄った。

「翡翠さん。誰も信じられない生活や、自分の立場を守らなくてはと気を張り詰めた毎日は苦しかったでしょう」

「はっ？」

「でも、ひとりじゃなかったんですよ。魁さんがいてくれるじゃないですか」

「なに言って……」

翡翠の声は弱々しく、千鶴や八雲に子を奪うと告げたときの冷酷さは少しも感じない。

「先代さまも双子の紅玉さまも、きっと翡翠さんのことが好きなんですよ。だって、翡翠さんのいいところをご存じなんですもの。必死に頑張っていたのに、紅玉さまにすべてを奪われたような気持ちになってしまったんですよね？」

「違う、違う、違う！」

翡翠は必死に反論するが、涙は一向に止まる気配がない。

「翡翠」

千鶴の隣までやってきた八雲が声をかけると、翡翠は口を固く結んで顔を背ける。取り乱した姿は見られたくなかったのだろう。けれど、八雲はこれっぽっちも気にしていないはずだ。人間の強いところも弱いところも見尽くしている彼が、これくらいのことで驚くはずもない。

「あなたが流しているのは、後悔と先代さまや紅玉、そして魁への懺悔《ざんげ》。それと自分に愛を向けていてくれた者がいたという喜びの涙だ」

翡翠は自分の涙の訳に気づけないようだが、間違いない。

八雲に共感する千鶴は、大きくうなずく。

「魁の話を聞いているうちに、みずから封印していた感情を取り戻したのだ。感情を封印する呪文は不完全だという噂があるが、私もそう思う。なにせ、私自身が千鶴に出会って感情を取り戻したのだから」

その呪文が不完全でよかった。

千鶴は心からそう感じた。そして、翡翠もそう思える日が来るのではないかと期待が高まる。

「感情を取り戻すと、苦しいことも多い。永遠に罪の意識を背負うのは地獄だ。しかし、喜びも知れるし愛も感じられる。そうしたもので苦しみを和らげられると千鶴に教えられた」

八雲は千鶴に視線を送って言う。

「これから生まれてくる私たちの子も、傷つくこともあるだろう。だが、それ以上の愛で包む。必ず一人前の死神にしてみせる。それは翡翠ではなく、親である私と千鶴の役割だ」

八雲自身も親に育てられてはいない。しかし、自信たっぷりに翡翠を諭す。それが自分と出会い、愛を知ったからだと信じたい。

千鶴はそう思いながら翡翠を見つめる。

「翡翠さん。どうか信じてください。八雲さまと力を合わせてこの子に愛情を注ぎます。そして死神として立派にひとり立ちできるように、精いっぱい尽くします」

正直、愛された記憶だけではどうにもならない困難もある。千鶴だって、生贄となったときは絶望した。両親に愛された記憶だけではとても乗り越えられない苦痛を味わった。

けれど八雲と出会い、愛を育んで夫婦となった喜びが、そのおぞましい記憶を和らげてくれた。

「翡翠さんも自分の幸せを求めてほしいんです」

千鶴は翡翠の手を両手で包み込み、訴える。

「私の幸せ？」

「そうです」

千鶴は魁に目をやった。

翡翠が魁をどう思っているのかはわからない。もしかしたら翡翠本人ですらわからないのかもしれない。

ただ、八雲が愛というものに心を動かされたように、翡翠もそうなればいいなと期待している。

「そんなもの……興味はないわ。幸せなんて必要ない」

翡翠は千鶴の手を払いのけ、そう言い捨てる。けれども目を泳がせる翡翠が、自分の感情に気づきつつあると感じた。

離れた千鶴の代わりに、魁が口を開いた。

「私は父の姿など見たことはないし、母も私には無関心でした。死神としての教えを叩き込まれるでもなく、ただ同じ屋敷で息をしているだけ。先代さまはそんな私に気づいて引き取って育ててくださった。でも、母から離れると寂しさのあまり涙をこぼさない日はありませんでした。何日も会話すらなかったのに、不思議なのですが」

小さな溜息をつく魁は、なにかをあきらめるようにふっと笑う。

「そんな私を優しく抱きしめて、『大丈夫。私がいるよ』となだめてくださったのは翡翠さまです。翡翠さまがいたから、私の涙は止まったのです」

魁の表情が、千鶴たちの前に立ちふさがって悪態をついた死神とは思えないほど優しく、翡翠に向けられた眼差しは温かかった。

「……だから私は、翡翠さまがされることはすべて正しいと思ってついてまいりました。ところが、ご自分の感情すら封印されたことで歯車が少しずつ噛み合わなくなっていった。和泉のように自分に歯向かう死神を幽閉し、子が生まれるのを察知すれば有無を言わさず奪い去り、自分に従順な死神に育て上げる」

強く拳を握る魁の声が次第に震えてきて、無念の思いが伝わってくる。

「そのたびに、翡翠さまも傷ついている気がしてなりません。そうした行為に手を染めたあとは、いつも泣きそうな顔をしていらっしゃる。封印が完全ではなく、翡翠さまの心の奥に残っている優しさが反応しているのではありませんか？」

翡翠を愛しているからこそ、魁は翡翠が自覚していないようなちょっとした変化にも気づいているのかもしれない。

「勝手なことを！」

「いいえ。先日、八雲の屋敷から戻られたときも沈んでいらっしゃったではありませんか。そういうときの翡翠さまは、私がどれだけ話しかけても生返事だ」

凍るように冷たい言葉を置いて消えたのに、翡翠自身も傷ついていたとは。魁に聞かされなければ、八雲も千鶴も気づかなかった。

「翡翠さま、もうやめましょう。私は翡翠さまが傷つくのに、これ以上耐えられそうにありません。もし、これまでの行いの代償が幽閉だったとしても、私が永遠にそばにおります」

魁の覚悟ある発言を聞き、千鶴の心臓がドクッと大きな音を立てる。

自分のお腹に宿った命を渡したくなくて、そして和泉を帰してほしくてここまで来たけれど、翡翠を幽閉してその願いを叶えようと思っていたわけではないからだ。

ただ、死神たちに感情を戻せば、翡翠の傍若無人な振る舞いを許さない者も出てくるだろう。喜びを取り戻す一方で、怒りや悲しみといった負の感情も戻るのだから。

そうすると、大主という立場も危うい。

千鶴は緊張しながら、翡翠の反応をうかがう。

すると、拒否の態度をとってきた彼女の瞳がたちまち潤んでいく。そして瞬きをした瞬間、大粒の涙が頬を伝って下りていった。

立ち尽くしたまま嗚咽を漏らし始めた翡翠の姿は、まるで人間と同じ。声をあげてむせび泣く翡翠を、魁がそっと抱き寄せる。先ほどは魁の手を払った彼女だったが、今度は拒まなかった。

魁の広い胸に顔をうずめる翡翠は、細くてどこかはかなげなひとりの女性。仲間を幽閉し、生まれたばかりの乳飲み子を親から奪うという非情な行為に手を染めた死神には到底見えない。

とはいえ、彼女がしてきた振る舞いは消えない。和泉や竹子の苦しみを思えば、なかったことにはできないのだ。

手をかけた者、そしてそのせいで傷ついた者。その両方を知る千鶴は、複雑な気持ちでふたりを見ていた。

八雲も同じ気持ちなのか、苦々しい表情で千鶴の腰を抱く。

やがて小刻みに震えていた翡翠の体が落ち着き、魁からゆっくり離れる。彼女の瞳は真っ赤になってはいたが、涙は止まっていた。

大きく息を吐き出した翡翠は、八雲と千鶴のほうに体を向けた。そしてまっすぐ前に手を上げていくので、八雲はとっさに千鶴を背中に隠した。

しかしなにが起こる気配もなく、千鶴は八雲の広い背から顔を出す。すると、翡翠の手には死者台帳に似た書物がのっていた。

「八雲」

頬に涙の跡を残す翡翠の表情は引き締まっていて、たった今号泣していたとは思えない、すがすがしさすら感じる。

彼女は八雲の名を呼んだあと、書物を押しつけた。

「呪文が書かれた教本だ。もう私には必要ないようだ」

押しつけられた八雲は、顔に困惑を浮かべながらもそれを手にした。

「そこに、幽閉を解く呪文もある。八雲が唱えて、先代さまと紅玉の幽閉を解け」

「それは大主さまの役割だ」

翡翠の指示に驚きつつ八雲がそれを拒んだのは、彼女に最後まで責任を持たせたかったからかもしれない。

「いや、今さら善人面するつもりはない。私は自分のことしか考えられない死神だ。大主にはふさわしくない。紅玉を戻して、和泉の幽閉も解いてもらえ。……先代さまはよく見ていらっしゃる。愚かな私ではなく、紅玉こそ大主にふさわしい」

悔しそうに語る翡翠は、ようやく紅玉を認めたようだ。いや、最初から認めていたから幽閉という荒っぽい手段に出たのか。

「先代さまが紅玉さんを大主さまに指名したのは、翡翠さんがお優しいからだと魁さんがお話しになっていたじゃありませんか。愚かだったわけではないんです。ただ、間違いも犯した。そのために苦しんだ人がいることだけは、忘れないでください。でも、翡翠さんも幸せになってほしい」

必死に訴える千鶴の声がかすれる。

「あなたはお人好《ひとよ》しすぎるわ。私はあなたたちの子にも手を出そうとしていたのよ。恨めばいい。憎みなさい」

翡翠は眉をつり上げて声を荒らげるものの、千鶴は少しも怖くなかった。彼女の瞳から少しも怒気を感じないからだ。

「でも、間違いだと気づいてくれたんでしょう？　友には幸せになってもらいたいの」

「友？」

千鶴がそう伝えると、翡翠は目を見開く。

「ええ、そうです。私たち、友ですよね？」

問うと、翡翠の瞳がたちまち潤みだす。

「……ごめんなさい。ごめんなさい」

苦しそうに謝罪を口にした翡翠の両肩に、魁がそっと手を置く。

その様子を見た千鶴は、この先魁がそばにいれば、翡翠はなにがあろうとも強く生きていけると確信した。

「八雲。先代さまと紅玉が戻ったら、私を幽閉しなさい。でも、魁は私に巻き込まれただけ。魁にはなんの罪もない」

「翡翠さま！　私はどこまでもお供しますと言ったではありませんか」

翡翠は魁をかばうが、魁は納得しない。語気を強めてそう主張する。

「いいえ。魁は私の指示に従ったまで。すべては私がしたことだ」

凛々しい翡翠の表情から覚悟を感じる。

そのとき、魁が翡翠の右手をとり、人差し指を口に含んだ。千鶴にはその行為になんの意味があるのかわからなかったけれど、翡翠はひどく慌てだす。

「魁！　なにをしているのだ」

「これで離れられなくなりました。翡翠さまの血をいただいた以上、ともに生きるしかなくなった」

魁の言葉で千鶴はすべてを察した。

魁が口に含んだ指は、先ほど魁を幽閉しようとして血を滴らせた指だったのだ。

翡翠の血を体に取り込んだ魁は、おそらく翡翠に向けて唱えられる呪文を浴びてしまうのだろう。つまり、八雲が幽閉の呪文を口にすれば、否応《いやおう》なしに魁も幽閉されるのだ。

改めて死神の血の影響力に驚く。

「翡翠。魁は本気だ。自分のことより相手を想う。これが愛というものだ。悪くはないだろう？」

八雲は千鶴に優しい眼差しを向けながら、翡翠を諭す。けれど翡翠の苦々しい表情は変わらなかった。

「魁、お前は馬鹿だ。私なんかについてこずとも――」

「馬鹿ですよ。長い間、翡翠さまを見ていることしかできなかった馬鹿者です。この気持ちを取り上げられるのが怖くて、黙っていた臆病者です。それでも、おそばにいられて幸せだった」

魁が顔をゆがませながら思いの丈を吐露すると、翡翠は魁の胸に飛び込んだ。

ようやく打ち解けられたふたりを前に、千鶴の視界がにじんでいく。

とはいえ、翡翠が和泉や竹子、そして先代さまや紅玉にした理不尽な行為は許されるものではない。やはり八雲は、ふたりを幽閉するのだろうか。

千鶴が怖くて八雲の腕をつかむと、まるで不安がわかっているかのようにその手にそっと手を重ねてくれた。

「翡翠。あなたの処遇は私には決められない。そもそも私はそのような立場にないからな。ただ、幽閉は解かせていただく。先代さまと紅玉に裁きを受けるといい」

八雲は翡翠に幽閉された本人たちに今後を託すようだ。

そうであれば、おそらく幽閉は免れない。千鶴の心は押しつぶされそうに痛んだけれど、竹子たちの苦労と絶望を思えば受け入れるべきだと腹を括《くく》った。

それから八雲は、人間を黄泉へと導くために使う血から作られた液体を指につけ、自分の額に置く。そして教本のとある部分を唱えだした。

少し離れて見守る千鶴の心臓は張り裂けんばかりに大きく打ちだし、緊張が高まっていく。

幽閉解除の呪文は、この空間にたどり着いたときのそれよりずっと長く、八雲の低い声があたり一面に延々と響く。その間、魁は翡翠の肩をしっかりと抱き、覚悟を決めたように目を見開いていた。

やがて翡翠が八雲の屋敷に現れたときのように、なにやら人形《ひとがた》のようなものが少し離れたところにうっすらと現れ、やがてそれが鮮明になる。

そこには、翡翠とそっくりではあるが、眉が上がり気味だからか幾分か気が強そうに見える女性と、立派な顎ひげをたくわえた八雲より小柄な男性が立っていた。

紅玉と先代さまだろう。

完全に姿を現した紅玉は、一直線に翡翠のもとに駆け寄り、頬に向かって思いきり右手を振り下ろす。バチンという大きな音が響き、翡翠はその場に倒れ込んだ。

「翡翠さま！」

すぐさま魁が抱き起こそうとしたが、翡翠は気丈にも自分で立ち上がり、紅玉と対峙する。

「紅玉。謝って済むとは思っていない。でも、謝らせて。本当にごめん――」

「私は大主になりたかったわけじゃない！」

怒気を含んだ声で翡翠の謝罪を遮る紅玉は、固く握った拳を震わせている。

「私は、翡翠と楽しく暮らせればそれでよかった。死神としての能力なんていらなかったのに。くだらないおしゃべりをして、魁と一緒に笑い転げて……。そんな生活が楽しかった」

紅玉は、目にうっすらと涙を浮かべながら話す。

「双子として生まれて、死神の持つ〝気〟が強すぎたせいで、周囲の死神がその力を悪用しようとするからと、両親とは一緒に暮らせなかったけど、翡翠がいたから寂しくなかった」

そうした理由で先代さまに預けられたのか。

生まれながらの能力が高いことで不利益を被ったふたりが、千鶴は不憫だった。おそらく先代さまはふたりを愛《いつく》しみ大切に育てただろうけれど、両親がいるのに離れなければならなかったつらさを思うと、胸が痛い。

「先代さまが『魁と一緒に泣いてやれる翡翠は優しすぎる。大主として生きていけるほど強くない』とおっしゃるから、自分が大主になることにしただけ。翡翠が大主になりたいと知っていたら、喜んで譲ったわ」

紅玉は翡翠の両肩に手を置き、熱く訴える。

「私は……私だって大主になりたかったわけじゃ……」

曇った表情の翡翠は言葉を濁す。

翡翠も死神の頂点に立ちたかったわけではなく、自分と切磋琢磨《せっさたくま》してきた紅玉だけが認められたと勘違いして、悔しかったのかもしれない。悔しさで頭がいっぱいになり、先代さまの愛まで疑ったのだろう。

「あなたは馬鹿よ。私も先代さまも心優しいあなたが好きなのに。勝手に感情を捨てようとするなんて。優しいところは、あなたのいいところなのよ」

涙ぐむ紅玉は、翡翠を強く抱き寄せる。

幽閉を責める前に翡翠を諭す紅玉の姿に、千鶴も胸が熱くなる。八雲も同じようで、千鶴の肩に置いた手に力がこもった。

「……ごめんなさい。私は……先代さまが、あっさり次の大主を紅玉に決めたんだと思い込んでしまった。呪文を覚えたり死神としての心得を聞いたりしているうちに、死神である自分に誇らしさのようなものが芽生えて、先代さまの下でずっと仕えていくと覚悟を決めた。その矢先に紅玉が大主になると聞いて、私はもういらないんだと……」

すでに両親と別れていた翡翠は、自分の居場所がなくなるのが怖かったに違いない。誰からも求められないのは悲しいものだ。

他の死神たちから感情を奪ったのは、自分に歯向かう存在を作りたくなかったのもあるけれど、翡翠自身が感じてきた恐怖や苦しみを放棄したかったからのような気がしてならない。

そもそもそうした呪文があるのは、本当に永遠の命を背負う死神の苦しみを救うためだったのかもしれない。苦しみに耐えかねる死神には有効なものだったからこそ、存在したのではないだろうか。

千鶴はそんなふうに思った。

翡翠が素直な感情をあふれさせると、ふたりを見守っていた先代さまも歩み寄り、ふたりを包み込むように抱きしめる。

先代さまもまた翡翠を責めるような言葉をひと言も発せず、それどころかどこか安堵したような顔をしていた。

すべてのわだかまりが解けていくような様子に、たまらず千鶴が瞳を潤ませると、八雲が抱き寄せてくれる。

「先代さま。申し訳ありません。私をどうぞ罰してください。身勝手な思いで先代さまや紅玉を苦しめた罪を償えるなら、幽閉でもなんでも受け入れます。でも、魁は……魁はどうかお許しください。私の血を取り入れてしまった彼が助かる方法はないでしょうか」

翡翠はその場に膝をついて頭を下げ、すがるように必死に訴える。すると隣に魁も座り、先代さまを見上げた。

ひりひりとした緊迫感が漂う中、彼は気概を感じる目で先代さまを見据えて口を開いた。

「いいえ、翡翠さまの行為を止められなかった私も同罪。どのような罰が下されようとも覚悟はできております」

キリッと眉を上げて覚悟を示す魁は、震える翡翠の手を握る。

翡翠が首を垂れたそのとき、先代さまはふたりの前に同じように膝をついて話し始めた。

「私が翡翠に誤解させたのが悪いのだ。自分の感情までも封印するほどつらかったのだな。翡翠のためによかれと思って紅玉を次の大主に指名したが、翡翠の言葉にも耳を傾けるべきだった」

先代さまの言葉に、翡翠は目を見開いて驚愕している。

「違います。私が愚かだったのです」

翡翠の頰に伝う涙は、おそらく懺悔と安堵の涙だ。

千鶴はその涙を見て、翡翠はきっと紅玉と暮らしていた頃の温かさや優しさを取り戻すに違いないと確信した。

「お前は愚かではない。私のかわいい娘だ」

柔らかな笑みを浮かべる先代さまが、翡翠をそっと抱きしめる。壊れものを抱くように優しく、そして丁寧に。その光景を見るだけで、翡翠は愛されているのだとわかった。

「しかし、お前が犯した罪は償わなくてはならない。やはり次の大主は紅玉とし、理不尽な理由で幽閉した死神は、紅玉に解放させる」

「はい」

「そして、お前たちふたりに罰を与える」

翡翠から離れた先代さまは、魁にも視線を送りきっぱりと言う。張り詰めた空気が漂い、千鶴や八雲にも緊張が走るが、これは避けては通れない。

先代さまを見上げる翡翠の手を、魁が一層強く握る。それが離れないという意思表示に見えた。

「翡翠なら感じているはずだ。死神の気が弱い場所を」

「はい。北方にございます。数日前、儀式に失敗して悪霊が生まれ、その数が増しているように思われます」

遠くの死神について即座に答えられる翡翠は、やはり優れた能力の持ち主のようだ。悪霊が増しているなら、このままでは人間の町は廃墟となる。

顔をこわばらせる千鶴はとっさにそう考えたものの、ひどく勝手な言い分だと思い直した。

それは人間の都合に過ぎない。死神は悪霊が増えようが困りはしないだろう。――幽閉という罰さえなければ。

人間を守る義理などないのに、毎日のように儀式を行う死神をありがたく思う者など誰もいない。それどころか、悪態をつかれ怪我までさせられても黙々と儀式をこなす死神にもっと感謝すべきだ。

その北方の死神も幽閉されてしまうのだろうか。そして、その死神と翡翠になんの関係があるのだろう。

先代さまの次の言葉を待った。

「おそらくひとりでは対処できぬ。翡翠。魁とともにすぐに飛び、悪霊を消せ。今後その地域はふたりに任せる」

「どうして……」

幽閉を覚悟していただろう翡翠は目を瞠る。

「役割を放棄して悪霊を生みだした死神は罰するが、今回はそうではない。察する力が弱く、他の死神のように悪霊を追えないのだろう。翡翠が赴き、地域を治めるとともに、その死神を一人前に育て直しなさい。それがお前に与える罰だ」

先代さまは翡翠に微笑みかけたあと、魁に視線を移す。

「魁。翡翠を下界に下ろすには少々力が強すぎる。今後少しずつではあるが死神たちに感情を戻していく。そうすると、翡翠の力を利用しようと考える馬鹿な輩《やから》が出てこないとも限らない。翡翠を守れるか？」

「もちろんでございます」

魁は表情を一層引き締めて答える。

「翡翠。そなたの気持ちはわからぬが……魁は誠実な死神だ。お前のよき伴侶となるといいな」

先代さまがそう言うと、翡翠の耳が真っ赤に染まる。

「一刻を争う。すぐさま参れ」

「御意」

決意みなぎる魁の返事は、すがすがしい。

魁は翡翠を立たせて、先代さまと紅玉に向かって深々と頭を下げた。そして翡翠の腕を引き、去ろうとする。

「翡翠」

そのとき、先代さまが引き止めた。

「まずは役割を果たしなさい。しかし、寂しくなったらいつでもここを訪ねてくるといい。私も紅玉も、お前に会えるのを楽しみにしている」

先代さまのいたわりの言葉に翡翠が涙をあふれさせると、紅玉が飛んでいき抱きしめる。

「帰ってこなかったら許さないから」

そしてひと言。

どんな言葉より、翡翠の胸に響いただろう。

双子の微笑ましい抱擁のあと、ようやく笑顔になった翡翠は魁の手をしっかり握ってふわっと消えた。

しかし、かすかに翡翠の声がする。

「和泉の子は、竹子のそばにいる」

それがなにを意味するのかわからず、八雲と顔を見合わせる。

「それはどういう……」

尋ねたものの、答えは返ってこなかった。

翡翠が残した言葉の意味を考える千鶴たちの前に、先代さまと紅玉が歩み寄ってきた。

「そなたが八雲だな」

「はい。ご無事ですか？」

「ああ。なにもできないというのは少々応《こた》えたが」

先代さまはそう答えながら、千鶴に視線を送る。

「彼女は私の妻の千鶴です」

八雲はふたりに千鶴を紹介した。すると先代さまは口角を上げる。人間であることは察しているだろうに、拒絶されなくて安堵した。

「翡翠がしたことは、すべて見えておった。随分迷惑をかけたな」

「いえ」

「ふたりの勇気で翡翠は救われた。私たちも同様。感謝いたす」

先代さまたちに深々と頭を下げられて、慌てる千鶴は口を開いた。

「頭を上げてください。私たちも子を守りたかったんです。この子が生まれてきても、どうか……私たちのもとで育てさせてください」

お腹に手を置き、必死に懇願する。

「安心しなさい、もちろんそうすればいい」

先代さまの答えに緊張の糸が途切れた千鶴は、その場に頽《くずお》れた。

「千鶴。どこか悪いのか？　痛いのか？　苦しいのか？」

真っ青な顔をした八雲が、千鶴を抱きかかえて慌てふためく。

「どこも悪くありません。ちょっと、気が抜けて」

正直に告白すると、八雲は目を真ん丸にしたあと、ふっと笑みを漏らした。

やはり感情があったほうがいい。こんな優しい顔で笑う旦那さまを持てた自分は幸せだ。

千鶴はしみじみそう思う。

「八雲からも大きな気を感じる。死神として優秀なのだろう」

「はい。八雲さまは私たち小石川の人間にとって、いなくてはならない存在です」

支えられて立ち上がった千鶴は、八雲が褒められたのがうれしくて思わず口走る。

すると八雲は、なんとも言えない複雑な表情で困った様子だ。

「すみません。私、余計なことを言いましたか？」

「違う。……その、う、うれしかったのだ」

意外な返しに、今度は千鶴が照れくさくて言葉をなくす。

「八雲はすっかり感情が戻っているようね」

紅玉がにこやかに微笑み、指摘した。

「死神たちに感情を返していただけるとか」

真顔に戻った八雲が問うと、先代さまがうなずく。

「ただ、心の弱い死神にいきなり感情を戻すわけにはいかない。人間からの罵声に傷ついて苦しくなってしまう。だから、戻すべき死神を慎重に見極める。少し時間がかかるだろう」

千鶴の予測は間違っていなかったようだ。先代さまが意図的に感情を奪った死神もおそらくいるのだ。

「死神さまは、苦しんでまでどうして人間を助けてくださるのですか？」

千鶴はずっと胸にある疑問を率直にぶつける。

「それが、死神の矜持《きょうじ》なのだよ。人間の世の平静を保つという大きな役割を背負って生まれてきたことを、私は誇りに思っている」

先代さまが言うと、紅玉も同意するように頬を緩めた。

千鶴の脳裏には〝心を清く保ち、人々の役に立ち、その手本となるべし。それが華族の矜持というものだ〟という父の言葉が浮かんだ。きっとそれと同じだ。

「ありがとうございます。感謝いたします」

「先代さま。和泉という者が幽閉されています」

八雲は和泉のことを切り出した。

「それも見ておった。八雲と同じように人間の妻を娶って、子をもうけたのだったな」

「はい。妻は竹子と申します。私の屋敷で和泉と子の帰りを待っています」

「和泉の件は翡翠の最大の過ちだ。無論、すぐに幽閉を解く」

先代さまの発言に、千鶴は安堵した。和泉と竹子が失った時間は取り戻せないけれど、竹子が生きているうちに和泉に会える。

「ただし、和泉は私たちほど力がない。そのため、幽閉されている間は人間の世で起きた事象どころか、なにも見えていなかっただろう。長い年月を経て変化したものを受け入れるのは、少々時間がかかるかもしれない」

先代さまの言葉に、どきりとした。

ふたりが離れて長い時間が流れた。宗一を授かった頃と同じだけの愛が、和泉の心に今でも存在しているのだろうか。

もし和泉が竹子を受け入れられなかったら……和泉の帰りを待ち続けた竹子にとって、これほど残酷なことはない。

八雲は翡翠から預かった教本を紅玉に託した。今度は紅玉が大主として額に血をつけ、呪文を唱え始める。

千鶴と八雲はその様子を固唾を呑んで見守った。

和泉が幽閉され、何十年が経ったのだろう。六十を超えているという竹子が千鶴の歳《とし》くらいで宗一を生んだとしたら、もう四十年以上は経っている。

人間の時間の流れからすると途轍もなく長く感じるが、永遠の命があるとはいえ死神も同じなのではないだろうか。突然、愛おしい人と引き離されてしまったのだから。

紅玉の高く澄んだ声での長い呪文が続く。

緊張が高まり息苦しさを覚えたそのとき、先ほど先代さまたちが姿を現したところにうっすらと人影が浮かび、しばらくして八雲と同じくらいの背格好で髪の短い男性が現れた。

はっ、と短く息を吐いた男は、二重の切れ長の目で不思議そうにあたりを見回している。

「和泉ね。翡翠が申し訳ないことをしました」

紅玉が即座に頭を下げた。

「あなたは……翡翠ではないのですか？」

「彼女は双子の妹だ。今後、翡翠に代わって大主の役割を果たす」

先代さまが伝えたものの、和泉はうまく呑み込めていないようだ。瞬きを繰り返している。

「私は八雲。竹子からの依頼であなたを迎えに来た」

「竹子！」

目を丸くする和泉は、興奮気味に八雲の肩をつかんだ。

「竹子は無事なのか？」

「ああ。今、私の屋敷にいる」

「……よかった。竹子のことを考えない日はなかった」

苦しげにつぶやく和泉を見て、きっと愛は薄れていないと感じた。

「あちらは、翡翠の前の大主さまだ。おふたりは翡翠に幽閉されていて、先ほど戻ってこられた。翡翠は先代さまの命を受け、従者の魁とともに、とある地域を治めるために向かった」

八雲は淡々と事実を伝える。

「私たちの大切な息子を奪っておいて……。息子と私たちの時間を返してくれ」

頭を抱えて怒りをむき出しにする和泉の気持ちがひしひしと伝わってきて、千鶴の胸も鷲掴《わしづか》みにされたように痛む。

「翡翠の暴走を止められなかった私の責任だ。申し訳ない」

先代さまが改めて謝罪する。とはいえ、宗一がさらわれたときはすでに幽閉されていて手出しできなかったはずだ。

ギリギリと音が聞こえてきそうなほど奥歯を嚙みしめる和泉は、必死に怒りに耐えているように見える。

「宗一は……宗一は無事なんですか？」

「翡翠はここを去る前に『和泉の子は竹子のそばにいる』と話した。おそらく……」

八雲は言葉を濁したけれど、和泉はハッとした表情を見せた。

「竹子が暮らす町の死神なのか……」

和泉がそう漏らしたとき、千鶴はようやく翡翠が残した言葉の意味に気がついた。きっと和泉の推察は間違ってはいない。

八雲はすでに気づいていたようで、うなずいている。

「八雲。ここに来るための呪文は取り上げぬ。八雲でも和泉でもいつでも訪ねてくるといい。私たちは私たちにできる精いっぱいの謝罪をするつもりだ」

先代さまが言う。

大主さまのあるべき姿とはこうなのだろう。

反論や疑義のある死神を抑え込むのではなく、受け入れて諭す。ときには死に際の人間と同じように罵詈雑言《ばりぞうごん》を浴びせる死神もいるかもしれない。それでも、逃げずに最後の砦《とりで》となる。

翡翠はそれを放棄して、自分に不都合がないように感情を奪うという誤った選択をしてしまった。

和泉は難しい顔で溜息をついている。貴重で長い時間を奪われた彼にしてみれば、はいそうですかとは納得できないに決まっている。

「和泉。まずは竹子が先だ。竹子はお前の帰りをずっと待っていた」

「まさか、ずっとひとりで？」

「ああ。和泉だけを待っていたのだ」

戻ってくるかどうかもわからない死神の夫を待つより、新たな伴侶を見つけて前に進んだほうが竹子は楽だったに違いない。しかし、和泉の帰りを待った竹子の気持ちが千鶴にはわかる。

「竹子さんは、和泉さまがとても大切なのです」

「こちらは？」

千鶴がたまらず口を挟むと、和泉は首を傾げる。

「私の妻の千鶴だ。彼女は竹子同様、人間だ」

「人間……。それで死神の気が感じられないのか」

和泉は納得しつつもひどく驚いている。

「竹子さん、自分のせいで和泉さまが幽閉されてしまったと苦しまれて……」

「竹子が？　まさか、そんな……」

千鶴の言葉に和泉は声を上ずらせる。

「愛していらっしゃるのです。今でもずっと」

「竹子……。会いたい。会わせてくれ」

和泉の心に竹子への気持ちが存在していると確信して、千鶴は安心した。

「もちろんだ」

八雲は承諾し、先代さまと紅玉に視線を移す。

「これにて失礼します。私たちは死神の矜持を忘れず、これからも精進してまいります。でも、もうこんな悲劇は二度とごめんです」

「わかっています。私が必ずあなたたちを守ります」

大主に指名された紅玉が迷うことなく言う。

「信じています。それでは」

八雲はそう言い残し、千鶴の手を握る。そして和泉に目配せをしたあと、呪文を唱えだした。

愛ゆえの戸惑い

八雲の腕を握ったまま目を閉じていた千鶴は、「八雲さま！」という浅彦の大きな声でまぶたを持ち上げた。

「浅彦さん……」

月光が淡く差し込む霧に包まれた庭は、八雲の屋敷だ。無事に戻ってきたのだ。

覚悟を決めて向かったとはいえ、こうして帰ってこられたことに安堵して胸がいっぱいになる。

「千鶴」

八雲にもわかっているようだ。なにも言わずとも肩を抱き寄せられた。

「浅彦。竹子は寝ているか？」

隣に立つ和泉に視線を送る浅彦に、八雲が問う。

「はい。一之助と一緒に。ですが、ただいま呼んで――」

「和泉さま？」

浅彦の返事を遮ったのは、縁側に顔を出した竹子だ。彼女は目を見開き、体を小刻みに震えさせる。

「竹子か」

「和泉さま……」

竹子の目から大粒の涙が流れ出した。

「竹子」

もう一度竹子の名を口にした和泉が縁側に駆け寄っていく。

ようやく……ようやくふたりは再会できたと千鶴は胸を熱くしたのに、なぜか竹子は目の前の部屋に飛び込んで障子を閉めてしまった。

「竹子？」

愕然とする和泉は足を止め、顔色をなくす。

「どうしたんでしょう」

千鶴は八雲に小声で問いかけた。あれほど再会を待ち望んでいたというのに、逃げたように見えたのだ。

「私にもわからぬ」

八雲も首をひねり、浅彦は閉まった障子を見つめて放心している。

「竹子、どうしたのだ？」

和泉が改めて問いかけても、返事がない。

「竹子。開けてもよいか？」

縁側の前まで行った和泉が尋ねたが、やはり竹子の声は聞こえてこなかった。

「開けるぞ」

「和泉」

和泉が草履を脱いで上がろうとしたそのとき、八雲が声をかける。

「竹子はお前の無事をずっと願っていた。それだけは間違いない。ただ、長い月日が流れた。心の整理が必要なのかもしれない。千鶴に任せてみないか？」

唐突に八雲に名前を出されて驚いたけれど、きっとそのほうがいい。

他の男性と結ばれることもなく、ただひたすら待ち続けた竹子が和泉を拒む理由が見当たらず、八雲の言うように心が整っていないのかもしれないと思ったのだ。

そういえば先代さまが、長らく幽閉されていた和泉を心配して、『長い年月を経て変化したものを受け入れるのは、少々時間がかかるかもしれない』と話していたが、それは竹子も同じなのかもしれない。

もう一度会いたいと願い続け、しかしときにはもう会えないとあきらめもしただろう。そんな葛藤を長い間ずっとしてきたのだ。目の前に和泉が現れても、どんな顔で迎えたらいいのか戸惑っている可能性もある。

「……そう、か」

和泉は落胆して肩を落としたものの、ふと表情を緩める。

「私はもう長くこの日を待ち望んだ。今さら何日待とうが構わない」

やはり和泉は優しい死神だ。きっとすぐにでも抱きしめたいだろうに、竹子の気持ちを優先する。

「千鶴。竹子を頼めるか？」

八雲の細やかな懇願を拒否するなどありえない。

「承知しました。浅彦さん、和泉さまはお疲れでしょうから」

「すぐにお部屋を用意します」

浅彦は奥に引っ込んでいった。

「八雲。世話になって申し訳ない」

千鶴たちの前に戻ってきた和泉は、やはり残念そうだ。

「私たちこそ竹子の世話になったのだ。竹子のおかげで今がある。流山の穂高もお前を案じているぞ」

「穂高が？」

「ああ。弟子のような存在だったようだな。我孫子には別の死神がいるようで問題はないが、落ち着いたら顔を出してやってくれ」

「もちろんだ」

八雲は和泉が出した手をしっかり握った。

千鶴は早速、お茶を持って竹子のいる部屋へと向かった。

「竹子さん、千鶴です。和泉さまは別のお部屋にご案内しました。入ってもよろしいですか？」

拒まれたらしばらくひとりにしようと思っていたが、スーッと障子が開いた。顔を出した竹子の目が真っ赤に染まっており、我慢強いはずの彼女がずっと泣いていたのだと知った。

「失礼します」

畳にお盆を置いた千鶴は、竹子に座布団を勧めたあとお茶を差し出す。ひとまず落ち着いてほしいからだ。

「ありがとう。千鶴さん、体は？」

「大丈夫です。特に体調は悪くありません」

「よかった。……本当によかった」

八雲に千鶴を連れていくように促したのは竹子だ。しかし、心配でたまらなかったはず。

「竹子さんがおっしゃる通りでした。もし八雲さまと別れてここに残っていたら、私は戻ってこられなかったかもしれません」

正直に告白すると、竹子は狼狽を顔に漂わせる。

「そう、だったか……」

「はい。それに怖かったですけど、八雲さまのお供ができてよかった」

竹子があえて和泉について触れないようにしている気がして、千鶴は少し様子を見ることにした。

「うん」

「竹子さんの人生を台無しにした翡翠さんは、決して許されません。ただ、間違いを犯していたことには気づきました。この先、後悔を胸に生きていくと思います」

幸せの絶頂にあるときに子を奪われ、夫まで忽然と姿を消してしまった。その上、悲嘆にくれたまま人間の世に放り出された彼女にしてみれば、翡翠は殺したいほど憎い相手のはずだ。

ただ、死の時刻が永遠にやってこない死神にとって最も苦しい幽閉をみずから望み、罪を贖《あがな》おうとした翡翠は、毎日自分の犯した罪と向き合いながら生きていくはず。間違ってもそれを忘れて楽しい生活を送るようなことはないに違いない。

「とても許す気にはなれないと思いますが、翡翠さんの口から謝罪の言葉は聞けました」

事実を伝えると、膝の上の手を強く握りしめる竹子は顔をゆがめる。

謝罪されて許すには、あまりに壮絶な人生だった。

自分も子を宿して竹子の気持ちがわかりすぎる千鶴は、到底翡翠を許してあげてほしいとは口にできない。竹子の胸の痛みが少しでも和らぐことを祈るばかりだ。

しばらく黙り込んでいた竹子だったが、ふと千鶴を見つめて話し始める。

「千鶴さんたちの子は？」

こんなときにも千鶴たちの子を気にかける竹子の優しさがありがたくて、胸が温かくなる。

「ご心配には及びません。大主さまは、紅玉さんという翡翠さんの双子の妹に代わられました。もう、理由なき幽閉や子をさらうという理不尽な行為は決してしないと約束してくださいました」

千鶴はお腹にそっと触れながら伝えた。

「よかった……。八雲さまとふたりで育てられるんだね」

竹子はまるで自分のことのように、喜びに満ちた表情を浮かべる。

「はい。必ず立派に育てます」

といっても、子育てが初めての千鶴にはどうしたらいいのかなんてさっぱりわからない。ただ、存分に愛を注ぐつもりだ。

「……うん。それがいい。八雲さまもいい父親になりそうだ」

それは千鶴も同意だった。

甘やかしそうな気がしなくもないけれど、感情がほぼ戻っているように見える八雲も、ありったけの愛を傾けてくれるだろう。

満足げな竹子は、温かいお茶を喉に送った。とはいえ、いつもの笑顔とは違い引きつっている。

しばらく沈黙が続き、息苦しいような空気が流れる。このままでは竹子はなにも言わない気がして、千鶴は思いきって口を開いた。

「竹子さん。会いたくなかったですか？」

もちろん、和泉にだ。

単刀直入に問うと、竹子は落ち着きのない様子で視線を泳がせ、湯呑みをお盆に戻す。

「幽閉から解かれた和泉さまは、竹子さんを真っ先に心配しておられました。八雲さまがこの屋敷にいるとお伝えしたら、ひどく安堵されていましたよ」

千鶴がそう伝えると、竹子の頬に涙が伝う。

竹子はなにか言いたげだったが、口から出てこないというような様子だったので、千鶴は黙ったまま待った。

「……私は、もう歳をとってしまったんだよ。和泉さまが知っている私ではない」

ようやく苦しそうに声を絞り出した竹子は、自分の手をさすっている。

「こんなにしわくちゃで、きっとあの頃の面影すらない。悲しみと恨みを募らせて生きてきたから、ひどい形相をしているだろう」

「そんなことは決してありません！」

千鶴は、竹子の形相がひどいだなんて感じたことはない。

死神は一人前の死神として認められ、儀式を賜ると、歳をとらなくなるという。一方竹子は、若かりし頃に比べたらしわは増えたし髪も白くなっただろう。それに、誰にも打ち明けられない苦しみを抱えて生きてこなければならなかったのだから、もしかしたら性格も以前よりは強くなっているかもしれない。

しかし、厳しい言葉を吐こうとも思いやりが満ちている今の竹子が千鶴は好きだ。悲しみを胸に秘めるも、しっかりと自分の足で強く歩いてきた彼女が。和泉だってそうに違いない。

そう強く感じたけれど、竹子の気持ちもわからないではなかった。

愛する人の前ではいつもきれいでいたいものだ。千鶴も八雲の前ではそうありたい。ずっと一緒にいられれば老いも少しずつ受け入れられるのかもしれないが、何十年も顔を合わせられなかったのだから、和泉がどう思うか怖くてたまらないのだ、きっと。

「和泉さまと出会った頃は、死神さまが永遠の命を持つことも受け止めたつもりだったのに、いざとなると……」

竹子の言葉は千鶴の胸に響いた。千鶴も同じだからだ。

八雲は、いつか旅立つときが来ても、生まれ変わるのを待っていると約束してくれた。千鶴も、来世でもともに歩みたいと強く願っている。

しかし、千鶴も竹子のように歳をとっていくのだ。

お腹の子が死神であれば、子も死神としてひとり立ちする儀式を賜ったあとは歳をとらない。そんな彼らに老いた自分は受け入れてもらえるのか、不安になった。

「……竹子さんのお気持ちはよくわかります。きっと私もいつか同じ葛藤をして苦しむでしょう。でも、八雲さまを信じたい」

人間と死神。そもそも相見《あいまみ》えるはずのない存在が心を通わせ、夫婦となった。ふたりの間にできた子がどう育つのかも未知であり、誰もこの先など予測できない。

けれども、千鶴は惜しげもなく愛を注いでくれる八雲を信じたかった。いや、この先のよくない結末を恐れて八雲から離れることなんてできない。

千鶴は竹子を励ますつもりでそう言ったものの、彼女の表情は晴れない。

結局、その晩はふたりが顔を合わせることはなかった。


翌朝。朝立つ霧が消えかかった頃、食事の支度を済ませた千鶴は、竹子のもとに向かった。

「竹子さん、千鶴です。お食事ができました」

廊下から障子越しに声をかけると、中から物音がする。起きてはいるようだ。

「千鶴さん、ありがとう。でも私は遠慮しておくよ」

きっと、和泉と顔を合わせるのが怖いのだ。残念ではあったけれど、無理強いはできない。

「承知しました。あとで持ってまいりますね」

そう言い残して部屋の前を離れると、廊下の端で八雲が見ている。千鶴は近づいていった。

「竹子さん、お食事を遠慮なさると。ですが、お腹は空いているはずですから、部屋にお持ちします」

竹子に聞いた苦しい胸の内を八雲には明かせなかった。同じ想いを抱える千鶴も、彼がどんな反応をするのか怖いからだ。

人間にとって老いは、努力ではいかんともしがたい受け入れるべきもの。しかし、それに抗《あらが》いたいと思うのは誰もが同じで、いつまでも若々しくそして美しくありたいと願う。

八雲は老いた自分を放り出したりはしないと信じてはいるけれど、そうした気持ちを、永久《とわ》の命を持つ八雲や和泉に理解できるのだろうかという懸念があった。

「そうか。和泉は浅彦に呼びに行かせた」

「ありがとうございます」

「千鶴」

八雲は千鶴の肩に手を置き、優しい眼差しを向ける。

「身重のお前に負担ばかりかけて申し訳ないが、竹子に寄り添ってやってくれ。和泉と竹子の間には長すぎる時間が流れた。戸惑いがあるのは当然だ」

『違うのです。戸惑ってなどいないのです。ただ、自分だけが変わってしまったことが怖いのです』

千鶴は心の中で叫ぶ。けれど、口には出せなかった。

「千鶴さまぁ！」

八雲との間に沈黙の時間が流れて気まずくなったそのとき、廊下をタタタッと勢いよく駆けてくる一之助の姿が見えた。

「おっと」

千鶴に飛びつこうとしたのを止めたのは八雲だ。ふたりの間に体を滑り込ませて一之助を受け止めて抱き上げげた。

「一之助。千鶴の腹に子がいるのを忘れたか？」

「そうだった！　ごめんなさい」

ハッとした顔の一之助は、すぐさま申し訳なさそうに謝る。

「赤ちゃんがびっくりするから、これからは気をつけてね。おいで」

千鶴が手を広げると、八雲の腕の中から一之助が移ってきた。

毎日しっかり食べているおかげか、千鶴がここに来たばかりの頃より背丈は大きくなり、ずっしりと重くなった。それでもこうして抱きしめたのは、八雲と千鶴がいない間、寂しさをこらえて留守番をしていたのがわかっているからだ。

今も起きたら千鶴の声がしたので、飛んできたに違いない。

「千鶴さまぁ」

千鶴の首に手を回してぴったりとくっついてくる一之助がかわいくてたまらない。こうしてこの屋敷に戻り、彼を抱きしめられる幸せを嚙みしめた。

「ただいま」

「おかえりなさぁい。どこにも行かないで」

思えば、八雲に離縁を言い渡されたときも、彼にはつらい思いをさせた。この小さな胸に、これ以上傷をつけたくはない。

「行かないよ。必ず一之助くんのところに戻ってくるからね」

千鶴がそう答えると、一之助は小さな手で一層強く抱きついてきた。

彼を下ろして手をつなぎ、食事の用意をした座敷に向かう。

「竹子さま、いっぱいご飯作ってくれたの」

一之助は、八雲と千鶴がいなかった間の話を始めた。

千鶴はすぐに戻ってきたつもりだったが、どうやら三日ほど経過していたようだ。その間、いつ戻るのかと悶々《もんもん》としながら寂しさを募らせていた一之助が甘えるのは必然だった。

「そう。よかったわね。なにをいただいたの？」

「お魚の佃煮《つくだに》を作ってくれたんだよ。骨を取らなくても食べれた！」

この様子では気に入ったようだ。

「竹子さん、お魚がいっぱい獲《と》れる町に住んでるの」

「竹子さま、人間なの？」

一之助がきょとんとした顔で千鶴を見上げる。そういえば話していなかった。

「そうなの。でもね、和泉さまとおっしゃる死神さまと結婚されたのよ」

「千鶴さまと八雲さまと一緒？」

小さくてもいろいろ理解しているようだ。一之助は手をつなぐ千鶴と、うしろを歩く八雲に次々と視線を送って言った。

「そうだ。訳あって和泉と竹子はしばらく離れていたのだが、和泉が昨日迎えに来てくれた」

一之助は寝ていたので和泉が屋敷に来たことを知らない。八雲が話して聞かせる。

「そっかぁ。竹子さま、寂しかったねぇ。僕と一緒」

三日離れていただけでも、一之助はそんなふうに言う。もう二度と会えないと思っていた竹子の心中はいかばかりか。

「そうね」

千鶴は床に膝をついて一之助と視線を合わせる。

「竹子さん、すごく寂しかったと思うの。不安いっぱいだったと」

昨晩から自分の置かれた立場についても考えていたからか、苦しくなった千鶴は一之助を抱きしめた。

「どうしたの?」

「一之助くんと一緒にいられてうれしいなと思って」

複雑な胸の内を明かしたところで伝わるはずもない。千鶴はそんなふうにごまかした。

「僕も!　竹子さまと和泉さまも会えたから、うれしいんだね」

一之助の無邪気な声が胸に突き刺さる。

〝会えてうれしい〟でいいはずなのに、竹子の心が泣いている。

感情とは、ときにこうした苦しさをもたらしてくるものだ。そうだとしても、やはりなくしたくないと千鶴は思った。苦しみも悲しみも受け止めて前に進むしかない。幸せまで失いたくはない。

「そうね。きっとそうよね」

千鶴は自分に言い聞かせるように言った。

竹子の悲痛な面持ちを思い出すと、千鶴の胸はズキズキと痛む。ふたりがこの結果をよかったと思えるように、できる限りのことはしたい。

「一之助。お前のその素直な気持ちは、ずっと大切にしなさい。大人になると自分の気持ちを隠さなければならないときもある」

「隠すの？」

八雲の発言に一之助は首をひねっている。

「そうだ。自分や誰かを傷つけないようにするために、隠すのだ」

竹子は和泉の胸に飛び込みたいはず。けれども、それ以上に傷つくのが怖いのだ。

「だが、素直な胸の内を隠しておくのは苦しいものだ。誰かの心を刺して傷つけるような言葉は決して口にしてはならんが、臆病になるあまりに話せないと後悔する」

八雲はまるで竹子の心情を理解しているようなことを言う。

「うーん」

一之助には理解しがたいようで唸《うな》っているが、八雲は頬を緩めて彼の頭を撫でた。

「難しいな。大人でも難しい。とにかく飯にしよう。千鶴と一緒に食べたかったのだろう？」

八雲の言葉に一之助は満面の笑みでうなずいた。

竹子も、一之助のように素直になれたらいいのに。

千鶴は心の中でそう思う。

昨晩は、月明かりしかなかったとはいえ、竹子の姿を見た和泉が嫌悪感のようなものを抱いたようには思えなかった。それどころか、『今さら何日待とうが構わない』と話す彼は、ようやく会えたという喜びに満ちているようだった。

ただ……おそらく竹子は、昔のように和泉に愛されたいのだ。長い間心配をかけたという謝罪も、苦労してきたことへの同情も、いらないはず。

他の男性に目もくれず無事を信じて待ち続けた竹子は、和泉の純粋な愛だけが欲しいに違いない。だからこそ、自分に向けられる感情が愛ではなくなっていたとしたらと怖いのではないだろうか。

一之助と一緒に座敷に入り、いつも通り膳の前に座る。好物の芋粥《いもがゆ》を見て目を輝かせる一之助は、ほどなくしてやって来た和泉をまじまじと見つめた。怖がる様子がないのは、八雲も浅彦も、そして千鶴も和泉の存在を受け入れているからなのかもしれない。

「初めまして。君が一之助くんだね」

和泉は目を細めて一之助に挨拶をしている。

「うん！」

「私は和泉という。八雲の友人だ」

八雲の友人と自己紹介したのは、きっと複雑な事情を幼い一之助には話せないからに違いない。

「八雲さまのお友達？」

「そうだよ。……一之助くん、少し抱きしめてもいいだろうか」

和泉が意外なことを言うので、千鶴は驚く。八雲も一瞬目を見開いたが、すぐに真顔に戻った。

「……いい、よ？」

不思議そうに返事をする一之助を、和泉が強く抱き寄せる。

きっと、宗一を重ねているのだ。宗一はもうすでに一人前の死神として役割を果たしているようだし、一之助よりずっと体も大きいはず。しかし、和泉も竹子も乳飲み子のときの宗一しか知らないのだ。

「竹子さまも、何度も何度も一之助を抱きしめていらっしゃいました」

和泉のうしろにいた浅彦が、そう伝える。

「竹子が……」

一之助を解放した和泉は、悲しげにつぶやいた。

「竹子さま、優しかったよ。たくさんおいしいご飯を作ってくれたし、一緒に遊んでくれたの」

一之助はどこか自慢げに伝える。

出会ったばかりの竹子に一之助がなつくのかと少し心配ではあったけれど、すっかり打ち解けたようだ。

「和泉さまは、竹子さまが好きなの？」

あまりに率直な一之助の質問に、千鶴は目を丸くした。自分ならば絶対に聞けないからだ。

「好きだよ。誰よりも好きだ。私にとって一番大切な人なんだ」

まったくごまかしのない目で一之助をまっすぐに見つめて答える和泉に、千鶴の胸が躍る。

きっと大丈夫だ。和泉の気持ちは、離れ離れになった頃から少しも変わってはいない。

「そっかぁ」

なぜか一之助のほうが照れたように頬を上気させるのがかわいらしかった。

「竹子は部屋で食すると」

八雲が伝えると、和泉は残念そうにうなずいた。

今朝は、芋粥のほかに小松菜のみそ汁、そして竹子がたくさん作っておいてくれた小魚の佃煮だ。

今日は八雲の隣に和泉が座ったが、大柄の死神ふたりが並ぶとなかなかの迫力だった。

和泉は八雲同様、箸の使い方がうまい。竹子と食事をするようになって上達したのだろう。佃煮に手を伸ばして、口に入れている。

八雲は、千鶴か浅彦のどちらが作った料理なのかひと口で見破るが、竹子が作ったものだと気づくだろうか。

みそ汁を口に運びながら、千鶴は期待いっぱいの目で和泉を見てしまった。

数回咀嚼した和泉は、箸を置いてしまう。

長い間、食べ物を口にしていないだろう彼の口に合わないのかと千鶴は心配したが、八雲はちらりと視線を送っただけで落ち着いていた。

「これは竹子が作ったものですね」

「……はい。竹子さんのお料理です」

和泉は瞬時に気がついたのだ。それがうれしくて、自然と笑みがこぼれる。ここに竹子がいたら喜んだだろうに。

「懐かしい味だ。私は魚の骨をとるのが苦手でね」

「一緒！」

頬にご飯粒をつけた一之助が意気揚々と言うので、千鶴は噴き出した。

「和泉さまは、自慢していらっしゃるわけじゃないのよ」

「そっかぁ」

やはり一之助の存在は大きい。なんとなくしんみりしていたのに、一瞬で明るい空気が吹き込んだ。

「一之助くん、今度ふたりで練習しようか」

「はい！」

元気な返事をした一之助は、大きな口を開けて佃煮をいっぱい放り込んだ。

楽しい食事が終わったあと、千鶴は竹子にも食事を運んだ。

「千鶴です」

「どうぞ」

障子の向こうから聞こえてきた竹子の声は、落ち着いていた。

「お食事をお持ちしました」

「わざわざありがとう」

「とんでもない」

竹子の前に膳を置き、千鶴は正座する。

「きっと大丈夫です」

ひとり言のように漏らすと、竹子は千鶴をじっと見つめた。

「和泉さま、この佃煮を竹子さんがお作りになったと、すぐにお気づきになりましたよ」

「和泉さまが？」

二の句が継げなくなった竹子は、微動だにせずなにかを考えている。

「八雲さまが『臆病になるあまりに話せないと後悔する』とおっしゃっていました。竹子さんの気持ちは痛いほどわかります。でも、本当にこのままでいいんですか？　ずっと和泉さまを待っていらしたんでしょう？　……あっ、説教じみたことをごめんなさい」

気持ちが高ぶり熱くなりすぎたと反省した千鶴は、即座に謝った。

竹子だって、このまま話もせずに別れてしまえば必ず後悔すると、わかっているはずだ。

迷い悩む竹子を前に、和泉の『好きだよ。誰よりも好きだ。私にとって一番大切な人なんだ』という言葉が口から出かかった。しかし、直接和泉から聞くべきだと思い、黙っておく。

一之助をまっすぐに見つめてためらいなく言ったあの言葉は、場を取り繕ったものではないと千鶴は確信している。

「いや、いいんだよ。私も自分がこんなに臆病だとは思わなかった」

「それほど和泉さまを大切に想っていらっしゃるんですよね」

千鶴が問うと、竹子は素直にうなずく。

いくら年月を重ねても、和泉への気持ちは色あせてはいないのだ。千鶴はそれがうれしかったし、自分もそうありたいと思った。

「……千鶴さん。和泉さまに会わせて」

小声で絞り出したような竹子の決意には、もちろんふたつ返事だ。

「承知しました。どうぞこちらに」

千鶴は決意を固めた竹子を伴い、和泉がいる部屋へと向かった。

部屋の前の廊下で立ち止まると、うしろをついてきた竹子の顔が心なしか青ざめている。

空に浮かぶ愁雲が竹子の心情を表しているようだったが、千鶴は和泉の竹子への愛は失われていないと信じていた。

どうやら八雲もいるようだ。障子の向こうからふたりの話し声がかすかに聞こえてくる。

和泉の声が耳に届いただけで落ち着きがなくなる竹子は、千鶴の知っている強くてなににも動じない女性の面影もない。恋する女性そのものだった。

そう断言できるのは、千鶴も八雲の声を聞くだけで鼓動が速まるからだ。

「竹子さん」

一歩も動けなくなった彼女を促そうと名前を呼ぶと、部屋の中から衣擦《きぬず》れの音がした。

「竹子、か？」

これは和泉の声だ。

歩み寄ってきた彼の影が障子に映ったものの、和泉がそれを開けることはない。おそらく、竹子に無理強いをしたくないのだろう。

唇を嚙みしめてうつむいた竹子は、あと一歩の勇気が出ないでいる。

千鶴はそんな竹子の肩を抱いて障子の前に立たせた。

ふたりを隔てる障子は、一之助が指一本で破るほど薄いはずなのに、今は高く大きな壁となってしまっている。

「竹子」

和泉は、優しく包み込むような声で竹子の名を呼ぶ。

ふたりがすんなり打ち解けるにはあまりにも長い年月が流れてしまったが、この先は幸せなときが流れると信じたい。

「……和泉、さま」

ようやく口からこぼれた竹子の声は、かすかに震えていた。

「竹子。会いたかった」

和泉は一番肝心なことだけ伝える。

積もる話はいくらでもあるだろう。宗一についてもそうだ。けれど、和泉の想いはこの短い言葉に集約されているような気がした。

どうかその強い気持ちが伝わってほしい。

千鶴は祈りながら竹子を見守る。

「……私は……もうあの頃の娘とは違うんです。髪は白くなり、しわだらけになってしまいました」

あふれる涙を隠すことなく感情を吐露する竹子は、浅い呼吸を繰り返している。和泉の返答が怖くて緊張しているのだ。

障子の向こうの影が動き、和泉がさらに近づいたのがわかる。すると顔を引きつらせる竹子は、首を横に振り一歩あとずさってしまった。

「それがどうした。人間が歳を重ねることは私だって知っている。それを承知の上で私は竹子を愛したのだ」

和泉の力強い言葉に、竹子の目は大きく開く。

和泉が今の竹子を愛しているのだとはっきりわかり、千鶴の胸は熱くなった。

「ですが……。こんな姿、和泉さまにお見せしたくない」

「私は、どんな竹子でも構わない。お前に会える日を夢見ながら、ひたすら毎日耐えてきたんだ。お前をこの腕に抱けるのならばそれで」

和泉の熱い想いが胸に届いたのか、竹子は両手で顔を覆って嗚咽を漏らし始めた。

「竹子。もう観念しなさい。和泉の心は、この先永遠に竹子のものだ。竹子が拒んだら、和泉はどうやって終わりのない世界で生きていくのだ。希望もなにもなくなってしまう」

八雲の声が聞こえてきた。

同じ気持ちの千鶴も、無意識にうなずく。

八雲は千鶴を永遠にそばに置きたいという理由で、永久の命を持つ死神にしてしまいたいという衝動と闘った。しかし、本来の輪廻《りんね》の輪を切るべきではないと決め、その代わり来世での契りを結んだ。

きっと和泉もそうだ。たとえ竹子の命が尽きても、生まれ変わって自分のもとに戻ってくるのをずっと待っているはず。それなのに竹子に拒まれたら、希望がなくなってしまう。

「私も和泉も、もう愛という感情を知ってしまったのだ。それを竹子が教えたのだから、きちんと責任をとりなさい」

叱責のような八雲の言葉には優しさが詰まっていた。

「和泉さま……」

竹子はためらいがちに和泉の名を口にする。

「どうした、竹子？」

あくまでも竹子の気持ちを優先して、いまだ障子を開けようとしない和泉の優しさが伝わってくる。竹子は素敵な恋をして和泉に嫁いだのだなと感じた。

「私……私……。和泉さまのことを一日たりとも忘れたことはございません。会いたくて会いたくて……」

ようやく竹子が素直な気持ちを吐き出した。

「ああ。私もだ。竹子を思い出さない日はなかった」

「……でも、しわしわのおばあさんになってしまいました」

「私がいなくなったあと、随分苦労しただろう？　そのしわは、竹子が頑張ってきた証《あかし》だ。自分を卑下する必要などなにもない。私には竹子しかいないのだから」

迷いのない和泉の言葉に、竹子の涙は止まらなくなった。

彼女の慟哭《どうこく》が屋敷に響く。

「竹子、開けてもよいか？」

「……はい」

和泉の願いを竹子が聞き入れた瞬間、障子が静かに開き、瞳を潤ませた和泉が姿を現した。そして、無邪気に泣きじゃくる竹子を抱きしめる。

「会いたかった。会いたかったよ、竹子。この腕に抱く夢を何度見たことか」

竹子の背に手を回した和泉は、もう離さないと言わんばかりに力を込めた。

部屋の奥にいた八雲も出てきて、千鶴に目配せをする。千鶴はふたりをその場に残し、八雲と一緒に離れた。

廊下を進むと、突然八雲に腕を引かれて近くの部屋に連れ込まれてしまった。

「どうされたのですか？」

八雲の行動の意味を尋ねた千鶴は、竹子と同じように抱きしめられて驚く。

「千鶴が踏ん張ったおかげで、ふたりは再会できた」

「いえ、八雲さまが……」

「お前がいなければ、私は和泉を助けることもなかっただろう。痛みも悲しみも苦しみも知らないままであったなら、和泉を救いたいなどという衝動は起こらなかったはずだ」

たしかに、翡翠が封印したという感情を引き出したのは千鶴だ。けれども、八雲の強さと行動力がなければ、お腹の子も和泉も無事では済まなかった。

「八雲さま、ありがとうございます」

そう思ったら、自然とお礼の言葉が口から出ていた。

「礼を言うのは私のほうだ。千鶴。私と出会ってくれてありがとう。しかし……」

八雲はそこで言葉を止めると、手の力を緩めて千鶴の顔を覗き込んできた。近い距離で見つめられると、たちまち鼓動がうるさくなる。

「お前は責任をとらねばならないぞ」

「責任？」

「そうだ。私はもう愛を知ってしまった。ここが苦しくなるほどの愛を」

八雲は自分の胸をトンと叩いて言う。

「私の苦しみは、千鶴にしか癒せぬ」

千鶴の額に自分の額を合わせた八雲は、優しい笑みを浮かべる。

「……八雲、さま。私がしわしわのおばあさんになっても、そばに置いてくださいますか？」

「当然だ。離すわけがあるまい」

即答した八雲は、千鶴の腰を引き寄せて口づけを落とした。


太陽が南の空高くに昇った頃。和泉と竹子が縁側に出てきた。

泣きはらした竹子の目は赤く染まっていたものの、涙はとうに乾いている。もちろん、和泉が癒したのだ。

ふたりが仲睦《むつ》まじくぴったりと寄り添うのを見て、千鶴は安堵した。

たしかに人間である竹子は歳を重ねた。しかし愛情は別れた頃のままであり、離れていた年月など関係なかったのだ。

「竹子さまぁ」

竹子を見つけた一之助が庭から駆け寄る。

今日は冷たい北風が強い。しかし一之助にはそれが心地いいようで、朝、食事をしてからずっと庭で浅彦と遊んでいたのだ。

その浅彦は、先ほど小石川に買い物に出たので、今は千鶴が縁側から見守っている。

「一之助くん」

「どうしたの？　どっか痛い？」

竹子の目が赤いことに気づいた一之助が、心配げに眉根を寄せる。

「痛くないよ。心配してくれてありがとう」

草履を脱いで縁側に駆け上がった一之助を、和泉が抱き上げる。その動作があまりに自然で、まるでふたりの子のようだった。

「竹子の心配をしてくれたのだな。礼を言う」

「どうして和泉さまがお礼を言うの？」

実に素直な一之助の発言に、和泉は苦笑している。けれど、すぐに口を開いた。

「竹子は私の大切な人だと話しただろう？　大切な人を笑顔にしてくれたのだから、礼を言わなければ」

「そっかぁ。八雲さまと一緒だぁ」

一之助の意外な言葉に、千鶴は目を丸くした。

「八雲もいつも礼を言っているのか？」

「いつもじゃないけど、時々。千鶴さまを幸せにしてくれてありがとうって」

まさか、八雲がそんな話をしているとは思いもよらず、しかも和泉や竹子の前で明かされてしまい、千鶴は面映《おもは》ゆくてたまらない。

「でも僕、幸せってよくわかんない」

一之助がそう漏らしたとき、八雲も姿を現した。

「一之助は、千鶴と一緒にいられるだけで笑顔になれるだろう？　心が温かくなるだろう？」

和泉に抱かれた一之助は、八雲にそう問われて「うん！」と元気いっぱいに答える。

「それが幸せだ」

八雲が千鶴をちらりと見て話す。

まるで自分もそうだと言っているような意味ありげな視線が、照れくさい。けれども、少し前まで感情を知らなかった死神らしからぬ発言に、千鶴はほっこりした。

「八雲、世話になった。一旦、竹子が住む町に赴いてみようと思う」

和泉が唐突に言う。

我孫子の死神の館に戻るのではないかと思っていた千鶴は、拍子抜けした。一方で、翡翠の残した『和泉の子は、竹子のそばにいる』という言葉を思い出し、納得もする。宗一に会うためにも、あの町に向かうのだと。

宗一については、千鶴から竹子の耳に入れていない。八雲に止められたのだ。

和泉が戻ったあと、竹子から宗一についての話がまったく出ないのが気になっている。あきらめているのか、はたまた聞くのが怖いのか……。どんな理由なのかはわからないが、和泉と再び心を通わせられたのだから、彼から打ち明けるに違いない。

「そうか。それがいい」

八雲が答えると、竹子が口を開く。

「八雲さま、千鶴さん……。なんと言ったらいいのか。私はあなたたちを傷つけたのに、和泉さまを助けてくれて……」

悲痛な面持ちの竹子に千鶴は近づいていき、何度も自分の涙を拭ってくれた優しい手を握る。

「とんでもない。竹子さんは、いつだって私たちのことを考えてくださっていました。竹子さんがいなければ、私は今、ここにはいません。竹子さんは私たちを幸せにしてくれたんですよ。だから今度は、竹子さんが幸せになる番です」

千鶴が隣の和泉に視線を向けると、頰を緩めて大きくうなずいている。

「どこかに行っちゃうの？」

和泉に抱かれたまま不思議そうな顔で話を聞いていた一之助が口を挟む。

「私が住んでいた家に戻るんだよ。一之助くん、たくさん遊んでくれてありがとう。〝たけこ〟という字を書いてくれてありがとう。本当にうれしかった」

竹子が言うと、一之助はどこか自慢げだ。

「竹子さま、幸せ？」

「うん。幸せだよ。八雲さまのお屋敷は幸せがいっぱいだ」

「また来る？」

一之助は竹子と別れづらいようだ。

「来てもいいのかい？」

「いいよ！」

キラキラした目で返事をする一之助は、満面の笑みを浮かべた。

そこに、買い物に出ていた浅彦が戻ってきた。浅彦に気づいた一之助は、和泉の腕から下りて玄関に飛んでいく。

慌てているように見えたけれど、どうしたのだろう。

千鶴が不思議に思っていると、なにかを抱えた一之助が、短い脚を懸命に動かして戻ってくる。

「竹子さまー、はい」

一之助が差し出したのは、好物のビスケットだ。

「どうしたんだい？　くれるのかい？」

「そう。僕、大好きなの。竹子さまと一緒に食べようと思って、浅彦さまに買ってきてもらったんだよ。でも、おうちに戻っちゃうからあげる」

大好物をためらいなくお土産として渡す一之助の姿を見て、随分成長したなと千鶴はうれしかった。なにより物言いがハキハキとしてきたし、他者をいたわるような言葉が増えた。八雲曰《いわ》く、ここに来たばかりの頃は口数が少なく、返事くらいしかしなかったらしいのに。

「そんな大事なものを、ありがとうね」

膝をついた竹子は、ビスケットを受け取ったあと一之助を抱きしめた。

「宗一……」

そしてボソッとつぶやいた言葉に千鶴は気づいたけれど、一之助はにこにこ笑っているだけだ。

愛おしそうに一之助を抱く和泉も、きっと宗一の成長した姿を想像しながら一之助とかかわっていた竹子も、本来ならばあたり前に経験するはずだった日常がすっぽり抜けてしまっている。

「竹子。そろそろ行こうか。名残惜しくて帰れなくなるぞ」

竹子の肩にそっと手を置き、励ますように言う和泉も内心複雑なはずだ。

「そうだね。皆さん、本当にありがとう。千鶴さん、体を大切にね」

「はい。生まれたら、是非会いにいらしてください」

「楽しみにしてるよ」

目に涙を浮かべながら別れの挨拶をした竹子は、和泉としっかり手をつないで帰っていった。

夕刻が近づくにつれ、北風がどんどん強くなる。

竹子はもう村に到着しただろうかと思いを馳《は》せながら洗濯物を畳んでいると、八雲がやってきた。

「明日はいい天気だろうか」

隣にあぐらをかいた八雲が朱色に染まる西の空を見上げて言う。

「はい。秋の夕焼け鎌を研げと言いますし」

「鎌を研げとは？」

「〝秋の夕焼けの翌日はいい天気になるから、農作業をするための鎌を研いでおきなさい〟ということわざです」

「人間は面白いことを言う」

この屋敷で誰よりも威厳があり頼れる存在の彼が、感心しながら聞いているのがおかしい。

「竹子さんたちも、この空を見ているでしょうか」

「そうだな。あの漁村は空がひときわ青く感じた。夕焼けも美しいだろう」

八雲は笑みを浮かべてはいるが、どこか悲しげだ。竹子たちの間に流れた長い年月について考えているのだろうか。

そんなことを思っていると、八雲は一層近づいてきて千鶴の肩を抱いた。

「お前とこうして同じ空を見られるのは幸せだな」

れば。

「はい、とっても」

もちろん、必ずここに戻ってくるつもりだった。とはいえ、翡翠を前にどう状況が転がるかわからなかったのだ。なんの犠牲も払わず帰ってこられたことに感謝しなければ。

「来年はもうひとり増えているのだな」

「そうですね。元気に生まれてきてくれるといいな」

千鶴に優しい眼差しを送る八雲がそっとお腹に手を置くので、千鶴も手を重ねた。

竹子たちも、宗一に会えるといいのだけれど。

千鶴はそんな期待を抱いたものの、同時に不安もあった。

今の宗一には感情がないはず。先代さまや紅玉が少しずつ感情を戻していくと約束してくれたが、誰に戻すべきか見極めなければならないため、すぐにとはいかないだろう。

とすると、竹子や和泉にとっては感動の再会となっても、宗一は少しも心が動かないかもしれない。

和泉の幽閉が解かれたことは喜ばしいけれど、それだけで喜んでいるわけにもいかないのだ。

一之助を抱きしめて宗一の名をつぶやいた竹子を思うと、次々と立ちふさがる試練に苦しくなる。

「千鶴」

八雲は千鶴を引き寄せて腕の中に閉じ込めた。彼もふたりの今後を慮《おもんぱか》っているのかもしれない。

「お前に話しておかなければならないことがある」

八雲の張り詰めた声色のせいで、深刻な雰囲気が漂い始めた。

「……なんでしょう」

心なしか、耳に届く八雲の心音がいつもよりうるさい。

常に冷静で動じない八雲の変化を感じ取った千鶴は、緊張のあまり八雲の着物を強くつかんだ。

「我々死神は、死者台帳で人間の死の時刻を知る。それだけでなく、死にゆく者のそばに行くと、その気配を感じ取れるのは知っているな」

「はい。そうやって対象となる人をお探しになるのですよね」

だから間違えることなく印をつけられるのだろうし、悪霊の気配を感じ取るのもそう。八雲たち死神には人間にない能力が備わっていることは、もちろん承知している。

ただ、どうして今、その話をするのか千鶴にはわからず不思議に思った。

「死者台帳を見なければ、死の原因も旅立つ時刻も正確にはわからぬ。しかし、私たちが黄泉に行くと感じた者は、近いうちに間違いなく死期を迎える。和泉にもその力は備わっているのだが……」

八雲は、千鶴も知る事実を確認するように話す。それがやけに遠回しな言い方をしているように感じて、その言葉の真意を考え始めた。すると、とあることに思い当たり、背筋が凍りつく。

「……嘘、ですよね。そんなわけ……」

八雲の歯切れの悪さの原因が千鶴の想像通りであれば、運命とは途轍もなく残酷なものだ。

「間違いない。私も和泉も同じように感じたのだから」

無念をにじませる八雲の声に、千鶴は打ちのめされた。

「……そんな。ようやく会えたのに。なんで？　竹子さんだけが、どうしてそんなに苦しまなければならないのですか？」

千鶴は八雲の腕を強くつかみ、必死に訴える。

八雲と和泉は、竹子の死を感じ取ったのだ。

死の期限はあらかじめ決まっているものだ。だから八雲に詰め寄ったところでなにが変わるわけでもない。けれど、衝撃が大きすぎてとても受け止められなかった。

「そうだな。竹子にとっては……いや、和泉にとっても残酷な現実だ」

八雲は悔しそうに唇を噛みしめる。彼も千鶴と同じように胸を痛めているに違いない。

和泉も八雲のように感情が戻っているとしたら、竹子を前に笑顔でいられたのが不思議なくらいだ。

「和泉さまは、なんと？」

「見ていられないほど取り乱していた。毎日のように死に対峙していたくせして、冷静に竹子を見送る自信がないと」

和泉の苦しみが手に取るようにわかり、千鶴はうまく息が吸えなくなった。すると八雲が一層強く抱きしめてくれる。

「私も竹子から死の前兆を感じたと伝えると、しばらく声もあげずに泣いていた。だが、時間がないからこそ竹子を大切にしなければと覚悟を決めたようだ」

竹子と和泉の部屋に行ったとき、それを話していたのかもしれない。そんな切羽詰まった状態だったにもかかわらず、障子を開けたときの和泉はこの上ない優しい顔をしていた。

「宗一さんのことは？　時間がないなら、すぐにでも伝えて会わせてあげなければ」

千鶴はそう訴えながら、竹子に印をつけるのがその宗一なのだという事実に気がつき、頭が真っ白になる。

「宗一のことは、見つからなかったと伝えるそうだ」

「えっ……？」

近くにいるのがわかっていて、しかも死神の和泉がいれば会えるはずなのに。

翡翠が宗一を竹子の住む地域の死神にしたのは、みずからの感情も封印した彼女の心の奥に残っていたわずかな温情のおかげだったのではないかと、千鶴は勝手な解釈をしていた。

しかし近くにいられる一方で、子が親を黄泉へと導くという慈悲も憐《あわ》れみもないような行為を強いられるのだ。

「宗一には、竹子の記憶がないはずだ。死神として儀式を行うために竹子の前に姿を現すだろう。それがおそらく、最後の親子の対面だ」

腕の力を緩めて千鶴を解放した八雲は、額に手を置き苦々しい表情で続ける。

「竹子にそれが宗一だと知らせたところで、宗一のほうにその認識がなければ戸惑うことになる。しかも、感情が戻っていなければ宗一はなんとも思わないだろう。目の前に捜し求めていた息子がいるのに、抱きしめることも叶わない」

悔しいけれど、それが現実だ。

千鶴は八雲の話に納得しながらも、割り切れないでいた。竹子も和泉も宗一も、間違ったことなどひとつもしていないのに、残酷すぎる。

「もう少し時間があれば、宗一の感情や記憶を取り戻すべく和泉も動けたかもしれない。しかし……」

「そんなにすぐなんですか？」

死神が死期を感じると、死はそれほど近いところにあるのだろうか。

「そうだな。四、五日の間には」

それを聞いた千鶴は愕然として肩を落とした。

笑顔を残して去った竹子は、とても旅立ちが近いようには見えなかったし、お腹の子が生まれたらまた来ると約束してくれた。それなのに……。

もう言葉が出てこなかった。

老いた自分を和泉に見せたくないと拒んだ竹子が、勇気を振り絞りようやくつかんだ幸せ。それをたった数日で失ってしまうとは。

永久の命を持つ死神に嫁いで、人間の命のはかなさをわかっていたつもりだったが、本当の意味では理解していなかったのかもしれない。これほど無情で苦しく、そして抗うことすら許されないものなのだ。

「千鶴」

心配げに顔を覗き込んでくる八雲は、そっと千鶴の手を握った。

「……これが、定められた運命なんですね」

「そうだな」

あまりに悲しくて八雲を責めてしまいそうだったが、彼ら死神は、死者台帳にある通り儀式を遂行するだけ。それは、妻である千鶴が一番よく理解している。

「私に怒りをぶつければよいのだぞ」

「そんなこと……」

できるはずもない。

死神は、死に抗おうとする人間から理不尽な罵声を浴びせられながらも、儀式を粛々とこなしているのだ。妻である自分がそんな苦しい思いをさせるわけにはいかない。

「唇を噛んではならん」

悔しさのあまり無意識に噛んでいた下唇に、八雲の指が触れる。

「八雲さま……」

「どうした、千鶴」

千鶴の頬にそっと手をやり、優しい声色でささやく八雲の目に自分が映っている。

竹子も永遠に和泉の瞳に映っていられればいいのに。

「泣いても、いいですか？　抱きしめてくださいますか？」

そう言い終わったのと同時に、千鶴は八雲に抱き寄せられていた。

「好きなだけ泣きなさい。今宵《こよい》は私の腕の中で、好きなだけ」

その言葉をきっかけに、千鶴はまるで子供のように声をあげて泣き始めた。

永遠の契りを

八雲の屋敷に足を踏み入れたとき、秋風が立てる音や足下を照らす月明かりが懐かしく、和泉は本当に幽閉から解放されたのだと心から安堵した。

太陽の光はおろか、物音ひとつしない世界に長年閉じ込められていたせいか、淡い月の光ですらまぶしく、ほんのり冷えた空気が頰を撫でるだけで感動した。

死神には〝死〟が訪れることは永遠にない。しかし幽閉は死以上の苦痛を伴うものだった。

特に、竹子のおかげで感情を取り戻しつつあった和泉にとって、愛する竹子や生まれたばかりの宗一に会えない苦しみはすさまじく、心をえぐられた。

八雲と妻の千鶴の勇気があったからこそ、果てしなく続くはずだった幽閉を解かれた和泉だったが、まさかそれ以上の苦しみが待っているとは思いもよらなかった。

縁側に姿を見せた白髪の女性が竹子であることはすぐにわかった。意志のある目が、少しもあの頃と変わっていなかったからだ。

幽閉されている間、和泉の頭に浮かぶのは、別れた頃の彼女の姿だった。長い黒髪をかんざしでまとめ、ほんのり赤らむ頰にみずみずしいふっくらとした唇。てきぱきと料理を作る手は、白く透き通っていた。

人間は死神とは異なり、歳をとるものだと当然知っている。和泉はそれを承知で竹子を求めたものの、彼女の変わりように少し驚いたのが正直な気持ちだ。

それほど長い年月が経ってしまったのかと悲しくもあったが、竹子への愛は変わらなかった。

ところが、竹子は和泉を拒否して部屋の中に入ってしまった。それがどれだけ衝撃だったたか。

会いたいと願い続けていたのは自分だけだったのかと激しくうろたえた和泉は、つい先ほどまで心地よかった北風ですら邪魔に思えた。

しかも、背筋を走るぞくぞくする感覚。幽閉されていたせいで長年感じていなかったそれを、まさか竹子から感じるとは思わなかった。

昔と感覚が違えていなければ、これは死にゆく者に近づいたときの合図。八雲にも備わった能力のはずだと彼に視線を送ったが、顔色ひとつ変えていない。

きっと気のせいだろう。長く死神として働いていなかったため、能力が衰えているのだ。

和泉は必死にそう思おうとした。

八雲の従者の浅彦が、部屋を整えてくれた。

「無事にお戻りになれて、本当によかったです。竹子さまがどれだけ心配しておられたか」

感慨深い様子で浅彦がそう言うのを聞き、先ほどの竹子の行動がますますわからなくなった。

八雲たちが翡翠と対峙していた間、浅彦は竹子とともに一之助という人間の子の面倒を見ていたそうだ。浅彦の話では、竹子は一之助をまるで自分の子のように愛しみ、片時も離れなかったのだとか。

それを聞き、もしや宗一を連れ帰らなかった自分にがっかりしているのではないかという推測が浮かんだ。とはいえ、ただの推測だ。

その日は眠れぬ夜を過ごした。

会いたくてたまらなかった妻が同じ屋根の下にいるのに、抱きしめることはおろか、手を握ることすらできない。

翡翠に幽閉されたあの日。竹子に黙って消えたことを怒っているのだろうか。

しかし、あのときはそうするしかなかったのだ。

産後の肥立ちが悪くふらふらだったのに加えて、生んだ子まで連れ去られて、竹子は魂が抜けたかのような顔をしていた。

そんな彼女にずっと寄り添ってやるべきだったのかもしれない。けれども、大主さまの魂胆がわからなかったあのときは、宗一を一刻も早く取り戻さなければと必死だった。

久しぶりに、い草の香りに包まれて寝ころんだものの、目が冴《さ》えていて眠れそうにない。

そもそも死神に睡眠は必要ないのだが、苦しいときは眠ってしまいたいものなのだと知った。

「誰だ」

そのとき、かすかに衣擦れの音がして、障子の向こうに影ができた。

「私だ。入ってもよいか？」

「八雲か。もちろん」

どうやら儀式を終えて戻ってきたようだ。八雲はあぐらをかいた和泉の前に腰を下ろした。

「……竹子は、私に会いたくなかったのだろうか」

自分がこんな弱音を吐くとは信じられない。ただ、竹子のことになるとなぜか気弱になる。

「私は、竹子に和泉を助けてほしいと託されたのだぞ」

首を横に振る八雲は、そう口にする。

「竹子が？」

「正確に言うと、竹子の想いを汲《く》んだ千鶴になのだが。竹子のお前への強い気持ちを察した千鶴が、みずから翡翠に会いに行くと無謀なことを言って、私を困らせたのだ」

それを聞き、和泉は目を丸くした。

ただの人間が、大主として君臨する死神になにかできるわけがないのだから。しかし……。

「八雲の妻は、いい女なのだな」

「やはりそう思うか？」

その返事を聞いて、八雲にぐんと親近感が湧いた。自分が竹子を想うような強さで千鶴を愛しんでいるのだと確信したからだ。

「竹子は少し混乱しているだけだ。千鶴が必ず竹子の心を落ち着かせる。だから和泉はしばし待つだけでいい」

「そうか。世話になるな」

八雲と千鶴を信じよう。和泉はそう思った。

「それより……」

すっと表情を硬くした八雲が意味ありげな視線を向けてくるため、嫌な汗が出る。

「なにか、感じてはいまいか？」

八雲の口からそんな言葉が漏れた瞬間、経験したことがない胸の痛みに襲われて唇を噛みしめた。

やはり、八雲も悟ったのだ。竹子の死期が近いことを。

死神ふたりの意見がそろうということは、竹子の旅立ちは間違いなく近々やってくる。

死という期限があるとわかっていて竹子を娶ったのは自分だ。しかし、蜜月は長く続かず、苦しい時間ばかりになってしまった。

竹子は自分に人生を捧げて、後悔しかないのではないだろうか。無理やりにでも人間の世に戻していれば……今頃、優しい夫と授かった子を育てながら笑って暮らしていたに違いない。

ようやく会えたのに、よくない考えしか浮かばなくなった。

「私は竹子を幸せにしてやれなかった」

「それは和泉のせいではない。それに、今世が幸せだったかどうかを決めるのは竹子自身だ」

まさか。幸せだったと思うわけがない。

和泉は首を横に振った。

「まだ時間はある。宗一のことも含めて、どうすべきか考えよう」

まるで自分のことのように顔をゆがめる八雲は、それから夜通し、みっともなく泣く和泉を黙って見守り、寄り添い続けてくれた。


翌朝。太陽の柔らかな光が黎明《れいめい》を告げる頃。和泉はとある覚悟をしていた。

「八雲。私たちは幸い、魂が輪廻することを知っている。私は竹子に再び会えるのをいつまでも待とうと思う」

和泉は竹子が望まなくてもそうするつもりだった。もしもう一度出会えても自分を覚えてはいないだろうし、拒まれる可能性のほうが高い。それでも待ちたいのだ。竹子が愛おしいから。

『馬鹿なことを』と鼻で笑われると思っていたが、八雲は意外にも真剣な顔で聞いてくれる。

「今さらだ。私と千鶴はもうすでに来世の契りを交わしている」

「は？」

意外な八雲の言葉に、深刻な雰囲気にそぐわない間が抜けた声が出た。

「浅彦も、想い人をずっと待ち続けている。死神というのは、執念深い者ばかりなのだな」

まさか、浅彦までも。

和泉はひどく驚いたが、同時に力も抜けた。ひとりの女に執着するのは自分だけではないのだと。

それならば、とことん愛し抜くだけ。竹子がこの強い想いを教えてくれたのだから。

「来世でしつこいとあきれられないだろうか」

「それはお前次第だ」

口角を上げる八雲に、和泉の頬も緩んでいく。

八雲を近い存在に感じた和泉は、自分の考えをすべてぶちまけることにした。

「宗一のことだが……私は竹子には黙っておこうかと考えている」

実の息子に気づいてもらえない寂しさを抱えたまま旅立たせたくない。それならば、見つけられなかったと嘘をついたほうがいい。

「難しい問題だが、それでいいのかもしれない。いろいろな死と対峙してきたが、男女であれ親子であれ、愛情を注いでも拒否されると大きな心の傷になってしまう。今世に未練を残して逝っては、輪廻するのが遅くなる」

せめてもう少し時間があれば、と和泉は残念に思う。おそらく記憶も感情もない宗一には、少し話をするくらいでは納得してもらえないだろう。

それに、明日にでも逝くかもしれない竹子のそばを長くは離れられない。

そんな話をしていると、廊下から足音が聞こえてきた。そのうちのひとつが竹子のものだとすぐにわかるのは、かつて毎日のように聞いていた音だからだ。

竹子が、老いた自分を見せたくないのだと正直な気持ちを話してくれたとき、不覚にも頬が緩んでしまった。そんなことはまったく問題ではなく、嫌われたわけではないとホッとしたからだ。

むしろ拒否されたと落ち込んでいるのは和泉のほうなのに。

八雲と千鶴の計らいで竹子をようやく胸に抱けたときは、感極まってしまった。感情はときに苦しく厄介なものではあるが、こうした瞬間があるのだからやはりあったほうがいい。竹子を愛せるのだから必要だ。

和泉は泣きじゃくる竹子を強く抱きしめながら、彼女に与えてもらった幸せを嚙みしめた。

八雲の屋敷を出た和泉と竹子は、潮の香りのする漁村にたどり着いた。

竹子が住む家は我孫子の屋敷よりずっと小さく、壁も薄い。海から吹いてくる風は、和泉が経験したことがないほど強く、そして冷たかった。

翡翠の従者に死神の世を追い出されたあと、この村で網の繕いをしながらずっと生きてきたと語る竹子は、和泉が目を合わせるたびにすぐにそらしてしまう。

「竹子」

「は、はい」

「どうして私を見てくれないのだ」

たくさんの海の幸をごちそうしてくれた夕げのとき。小さなちゃぶ台を挟んで座る竹子に問うと、うつむいて黙り込む。

「すまない。責めているわけではなく――」

「は、恥ずかしいのです」

耳まで真っ赤に染める彼女の返答に、和泉は噴き出した。

「今さらではないか」

「和泉さまは、昔からそういうところが無神経なのです。好きな方に見つめられたら誰だって……。それに、こんなにしわくちゃの顔を――」

「それ以上言ったら許さないよ」

強めの口調で伝えると、竹子はハッとした顔をしている。和泉は竹子の隣に移り、腰を抱いた。

「私が好きな竹子を悪く言う者は許さない」

「和泉さま……」

「私が好いているのは竹子そのものなのだ。こんなに傷だらけにして。勤勉なお前のことだ。来る日も来る日も黙々と働き続けたのだろう?」

網の繕いでできた小さな傷のある竹子の手を取り、唇を押しつける。すると彼女は一瞬ビクッとしたものの、拒みはしなかった。

これほど愛おしいのに、なぜ別れの時刻が迫っているのか。

それがあらかじめ決められた時刻だとわかっているのに、和泉は悔しくてたまらない。

「竹子。苦労ばかりさせてすまなかった。私に嫁いだことを後悔しているか?」

「そんなわけ……。和泉さま、今度またそのようなことをおっしゃったら怒りますからね」

死神の自分にも物怖《ものお》じしなかったあの頃の竹子と変わらない。少し気が強くて、でも優しくて、最高の妻だ。

「竹子に叱られたくはないな」

「でしたら、二度とおっしゃらないでください。……それに、苦労はしましたけど、和泉さまと出会えなければ知らない幸せもたくさんあったんです」

うっすら涙ぐんでいる竹子は、宗一について考えているに違いない。

「宗一のことだが……」

和泉が話し始めると、竹子の体が明らかにこわばる。

死が近いと感じるのに目の前の竹子は相変わらずで、どうしても別れが来るとは信じられず、あれほど覚悟を決めたのに嘘をつくのを躊躇《ちゅうちょ》してしまった。

「いいんです。和泉さまは幽閉までされて宗一を捜してくださったんです。見つからなかったのは残念だけど……宗一が死神であるのなら、必ずどこかで元気にしているでしょう。だって、私たちの子じゃありませんか」

目に涙を溜《た》めているくせして気丈に語る竹子を抱きしめる。

『宗一はすぐそこにいる』

そんな言葉を飲み込むのに、和泉は必死にならなければならなかった。

それから二日。和泉は竹子のそばを片時も離れず、楽しいひとときを過ごした。

最初は照れてばかりだった竹子だったが次第に慣れてきて、和泉が少し触れるとうれしそうに微笑む。

病の兆候もなく、元気な竹子がどうして旅立つのか、この町の台帳を持たない和泉にはわからなかった。

働き者の竹子は、漁村の皆から慕われていた。

日が昇ると海岸に行き、網の繕いを始める。もう時間がないのだから働かなくてもいいと口から出かかったが、当然言えなかった。

「和泉さまはこんなことはしなくても」

「やってみたいのだ。……だが難しい」

竹子に教わりながら同じ作業をしてみたものの、まったくうまくできない。

「和泉さまはなんでもできると思っていたのに、そうでもないみたい」

竹子がおかしそうに笑う。

ずっとこのまま自分の隣で笑っていてくれたら。

和泉はそんなことばかり考えている。

「これは、ひと雨来そう。今日は船が出てるのに大丈夫やろうか」

竹子が遠くの海に視線を移して言った。けれど、特に黒い雲が湧いてきたわけでもなく、なぜわかったのか不思議だ。

「どうして雨が降ると？」

「トビが回りながら空に上がっていくのが見えるでしょう？」

「たしかに」

羽を大きく羽ばたかせるわけでもなく、すーっと滑るように飛んでいる。

「トビがああして輪を描いて上がっていくときは雨になるんです。それにあの鉄床雲《かなとこぐも》。ここから見るときれいだけど、あの真下は激しい雨や風が吹き荒れているんですよ。漁村の敵で」

だから漁に出た船の心配をしていたようだ。

「ここの死神さまはお優しくて、漁で命を落とした人間は必ず戻ってくるんです。でも、誰にも亡くなってもらいたくないから」

竹子が唐突に宗一の話をするので、和泉は目を丸くした。しかし、自分の子だとは気づいていないはずだ。

「そう、だな」

とっさの返答が詰まってしまったが、竹子は特に気にしていないように見える。

それから広げてあった網をふたりで片づけている間に、竹子の予想通り波が白く立ち始め、みるみるうちに空が暗くなってきた。

「大雨になりそうだ……」

ふと作業の手を止めた竹子が、眉をひそめて海に視線を送る。いつもこの網を使っている漁師たちが心配に違いない。

海辺に建てられている物置にようやく網を片づけた頃、大粒の雨が降ってきた。その上、かすかに空に光が走る。

「和泉さま。早く家に戻りましょう」

和泉が羽織を脱いで竹子に掛けると、驚いた顔をした。

「和泉さまが冷えてしまいますから」

「竹子が着ていなさい。ほら、お前は小さいから、こうしても間に合いそうだ」

肩から掛けた羽織を頭に被《かぶ》せ直す。

和泉は不安なのだ。冷たい雨に当たって風邪でも引いたら、あっけなく死のときを迎えるのではないかと。

なにをしようとも、死の期限を変えられないことはわかっているが、抗いたかった。

足早に細い路地を竹子の家へと向かっていると、遠くから男の声が聞こえてきた。

「大変だぁ。正男《まさお》が波にさらわれた！」

「正男が？」

「知っているのか？」

途端に顔を青ざめさせる竹子に、和泉は尋ねる。

「世話になっている漁師の家の子です。まだ五歳で……。父ちゃんは漁に出たはず。心配して外に出たのかも」

流されたのは、八雲の屋敷にいた一之助と同じくらいの歳の子のようだ。

竹子は迷いもせずに踵《きびす》を返し、再び海のほうに向かう。

「竹子が行ってもできることはない」

「見て見ぬふりをしろとおっしゃるんですか？」

竹子が心配で止めた和泉だったが、彼女が正義感の強い女だということを忘れていた。たとえなにもできなくても、放っておけるわけがないのだ。

もしや、これが黄泉に旅立つきっかけになるのではと嫌な予感がして、和泉の胸は張り裂けそうだった。

覚悟を決めなければならないのか。まだ話したいことがいくらでもあるのに。覚悟など決まるはずがない。

みっともなくてもいい。馬鹿だと罵られても構わない。今はただ、竹子と少しでも長く夫婦として過ごしたい。

「頼む。家に帰ろう」

「和泉さま。どうされたのです？　和泉さまはそんなお方ではなかった」

竹子の前に立ちふさがると、彼女は顔をしかめる。

「なんでもよい。帰ろう」

「嫌！　宗一……」

和泉が竹子の腕をとった瞬間、それを振り払われた。そして彼女の口から飛び出した名前に目を瞠る。

竹子は、正男に宗一を重ねているのだ。宗一を助けられなかったという無念が、彼女を突き動かしているのだと悟った。

「わかった。一緒に行こう」

もう、そう言うしかなかった。

雨が激しくなる中、声がするほうに進むと、すでに大勢の村民が集結している。

「正男は？」

初老の男をつかまえた竹子が尋ねると、男は険しい顔をしていた。

「沖にすーっと流されて。あっという間だったんや。ただでさえ荒れてるのに、離岸流に乗ってしまったんやろうな」

男が指さすほうを確認しても、荒々しい波が見えるだけで子の姿はどこにもない。

「船は？」

「出せる状態じゃなかろう。ほかの者まで犠牲になる」

男の言う通りだった。この荒波で船を出しても、正男を見つけられないどころか転覆する恐れがある。

「そんな……。正男！」

あきらめきれない様子の竹子は、海のほうに向かって走りだす。そして腰まで冷たい水に浸《つ》かり、大声で叫んだ。

「竹子。お前が危ない」

慌てて竹子を引き止めるも、彼女は首を横に振り水平線をじっと見ている。

「宗一……」

再び宗一の名を口にする竹子が切ない。

一之助のこともまるで自分の子のようにかわいがっていたようだし、正男も宗一のつもりで接していたのかもしれない。

「残念だが、できることはなにもない」

正男が今日亡くなるのだとしたら、それはあらかじめ決まっていた命の期限なのだ。

和泉がもう一度伝えると、その場に頽れた竹子はしばらく泣き続けた。

その夜、体を冷やした竹子は高い熱を出してしまった。

ひと晩熱が下がらず医者に診てもらうと、肺の音がおかしいとか。薬は処方されたが他に打つ手がなく、竹子はみるみるうちに衰弱していく。

和泉を心配して張り詰めた生活を送り、疲弊していたのだろう。すでに竹子の体は限界を迎えていたのかもしれない。

あれから海辺には行っていないが、おそらく宗一は正男に印をつけたはずだ。そして次は竹子のところにやってくるに違いない。

いよいよそのときが迫ってきたのだと和泉は覚悟を決めようとしたが、そんなに簡単ではなかった。

真っ赤な顔をして荒い呼吸を繰り返す竹子の手を握り、和泉は必死に涙をこらえる。

「和泉、さま」

「どうした？」

うっすらと目を開けた竹子のか細い声が耳に届き、和泉は顔を竹子に近づけた。

「もっと……もっと和泉さま……と一緒に、いたかったのに、だめ、かも……」

死の期限を悟ったような発言に、和泉の顔がこわばる。

「そんな気弱なことを言うでない。竹子らしくないぞ」

そう励ますと、竹子の目尻から涙が流れていく。

「和泉、さまはもうわかって……いらっしゃるはずだ。だから……私が海に行くのをムキ……になって止め、たんだ」

竹子に確信のあるような言い方をされて、否定できなくなった。

「和泉さまは……いつ、だってお優しかった。もう……私、のことで……苦しまないで」

少しはだけた布団の下の竹子の胸郭が大きく動いている。呼吸が苦しいのに、必死に言葉を紡いでいるのだ。

「苦しんでなどいない。苦しいのは竹子だ」

和泉は竹子の手を取り自分の頬にすり寄せる。

「竹子。私はお前が戻ってくるのを待っている」

そう伝えると、竹子の目が大きく開く。

「いつまでも待っている。嫌なら拒め。だが、私は待つのをやめない」

「和泉、さま……」

竹子は大粒の涙をポロポロこぼす。

「お前が愛おしいのだ。他の誰も代わりなどできぬ」

「……はい。必ず……戻って……」

泣きながら笑う竹子をどうしたらとどめておけるのか。

和泉はこの期に及んでもそんなことしか考えられない。大切な者との別れというものがこれほどつらいものだとは知らなかった。

「宗一の、ことを……」

「わかっている。宗一は必ず私が守る」

もうすぐ会えると言えない和泉は、竹子を安心させたくてそう約束した。すると彼女は満足げにうなずき、和泉の手を強く握り返して目を閉じる。

「竹子？　……竹子！　行くな。行かないでくれ」

そのとき和泉は背後に気配を感じた。宗一がやって来たのだ。

いよいよなのだと絶望する。それと同時に、ずっと捜し求めていた息子に会えるという複雑な心境で、振り返る勇気が出ない。

「なぜ死神がここにいる」

想像していたよりずっと低い声でそう問われ、心臓が大きな音を立てた。

これが、初めて聞く宗一の声。和泉も竹子も、元気な産声しか耳に残っていないのだ。

「訳はあとで話そう。儀式に、来たのだな？」

振り返らず竹子を見つめたまま尋ねると、宗一が和泉の隣に正座した。

視線を送ると、凜々しい眉に大きな目を持つ精悍《せいかん》な顔立ちの青年がいる。

目元が竹子に似ている。

和泉はそう感じたが、当然口には出さなかった。

「この者は、あなたにとって大切な人なのか？」

「そうだ。とても大切で失いたくない人だ」

和泉は無念の思いで伝える。宗一にとってもそうであるはずなのに、淡々としてい

るのが悲しい。

あとで母だと知ったら、宗一はどう思うのだろう。感情がないのだから、心が動く

ようなことはないのか。

和泉はふとそう考えたが、今は竹子のことで頭がいっぱいだった。

「そうか。しかし印をつけなければならん。死神であればわかっているだろう？」

当然わかっている。しかし、うなずけなかった。

「そろそろ時間だ」

宗一は、指に血から作った赤い液をつけ、竹子に近づけていく。すると意識をなくしたと思っていた竹子が、うっすらと目を開いた。

「竹子。愛している。ずっと愛している」

これが最後だ。和泉は全身全霊で叫んだ。

悔しさと悲しみと無念と……様々な感情が入り混じり、どうしても冷静になれない和泉は、唇が切れるほどの勢いで噛みしめる。

伸ばされた宗一の指が竹子の額に触れそうになったその瞬間、宗一の動きがピタリと止まった。

「なぜだ。なぜここが痛いのだ」

自分の着物の胸元をつかむ宗一は顔をしかめる。

宗一に視線を送る竹子は、布団の中の腕をゆっくりと上げていき、宗一の腰のあたりに触れようとする。

「そう……いち……」

目の前の死神が宗一だと知っているはずがないのに、竹子は消え入るような声で宗一を呼んだ。

そのとき、和泉は気がついた。宗一の帯に将棋の駒をかたどった迷子札が引っかけてあるのを。竹子はそれが自分の作ったものだとわかったのだ。

「なぜ私の名を知っている。なぜ、あなたに印をつけるのが嫌なのだ」

宗一がそう吐き出したとき、彼に記憶や感情が戻りつつあるのを和泉は悟った。先代さまが死神たちにそうしたものを戻していくと話していたそうだが、間に合ったのかもしれない。

「竹子は、お前の母なのだ」

どこまで戻っているのかわからないため、ある意味賭けではあった。けれど、和泉はふたりに打ち明けるべきだと腹を括った。

「母？」

「そうい……」

すでに意識がもうろうとしている竹子の耳にも届いたようで、宗一を求めるように竹子の腕が上がっていく。

「竹子。黙っていてすまなかった。宗一はこの漁村の死神だ。お前が優しいと話していた死神だ」

「そうい……」

宗一を求める手が宙に浮いたままなのが悲しくて和泉が握ろうとしたとき、宗一がその手をしっかりと握った。

「母、なのか？」

もう一度そう問う彼の目から涙があふれるのを見て、和泉の視界もにじんでいく。

「そうだ。母だ」

「母上……」

宗一が呼びかけたが、竹子はもう声も出ないようで口を動かすだけ。しかしその唇が間違いなく『そういち』という形を作った。

「嫌だ。母上！」

完全に感情を取り戻したような宗一の叫びが響くが、死の時刻はなにがあっても変えられない。

「宗一。母を黄泉に送るのがお前の仕事だ」

非情な言葉だとわかっていながら和泉はそう伝えた。それが死神の矜持だ。

「そんな……」

宗一は、顔をゆがめる。

「竹子、安心しなさい。宗一は今日の出来事に胸を痛めるかもしれない。しかし私が竹子の愛を教え、これからも私がふたり分の愛情を宗一に注ぐと誓おう。宗一と一緒にお前が戻ってくるのを待っているよ。だから、ゆっくり旅をしておいで」

和泉が語りかけると、竹子の目尻から涙が流れていく。

「宗一。立派な死神になったところを母に見せて安心させてあげなさい」

和泉は、もう一度宗一を促す。すると、宗一はきりりと顔を引き締めた。

「母上。また会える日を楽しみにしております」

歯を食いしばる宗一が竹子の額に指を置いた直後、竹子の胸郭が動かなくなった。

たった今旅立った竹子は、この上なく穏やかな顔をしていた。

◇◇◇

庭の木の葉が時雨《しぐれ》に散り、縁側に陣取った一之助は朝から溜息をついている。

「千鶴さま。また降ってきましたね」

「そうね。秋の天気は移ろいやすいものなの。すぐに止《や》むんじゃないかしら」

ここ数日。パラパラと大粒の雨が降ってきたかと思うとすぐに止み、しかし何刻かするとまた降りだして……を繰り返している。

庭で思う存分走り回れない一之助は不満顔だ。

「あっ、浅彦さまだ」

門が開いたので視線をやると、小石川に買い出しに行っていた浅彦の姿が見えた。

一目散に駆けていく一之助は浅彦のことも大好きで、兄のように慕っている。

一之助がいなくなると、八雲が入れ替わりにやって来た。

「雨、か……」

「はい。竹子さん、黄泉についたでしょうか」

千鶴は厚い雲に覆われた空を見上げて言った。

竹子が和泉と一緒にこの屋敷を去ってから、約二十日。すでに旅立っているはずだ。

八雲から竹子の死期が近いと聞いた千鶴は、八雲の胸で子供のように嫌だとだだをこねて泣きじゃくった。それをなにも言わずに受け止めてくれた八雲は、その晩も死神としての務めを果たすために小石川に向かった。

その姿を見て、千鶴は思ったのだ。旅立つ者に印をつけるという責務を負う八雲は、きっと自分以上につらいはず。和泉もそう。幾度も千鶴が流したものと同じ涙を見てきたに違いない。

すでに感情を取り戻しただろう彼らは、大切な者を亡くし、残された人たちの痛みを理解している。

黄泉に旅立ち記憶を失う者より、愛おしい人を亡くした者のほうがおそらく苦しみは大きい。八雲はそれを知っていても、千鶴がいつか旅立つときに背負うだろう痛みも含めて、来世の契りを交わしてくれたのだ。

人はどんな裕福な家庭に育とうとも、どんな高い地位にあろうとも、〝死〟だけは必ず平等にやってくる。

死した先を誰も知らないため、恐れて抗おうとする。千鶴も生贄として神社に足を踏み入れたときは、強がりを吐きながらも体の震えが止まらなかったのを覚えている。けれども今は、八雲たちが正しく導き、いつかまた新しい命として生まれてくることを知った。

竹子の死は悲しいものではあるが、次への第一歩でもあるのだ。悲しんでばかりいないで、彼女のこれからが明るいものであるように祈らなければと考えるようになっている。

「そうだな。早く和泉のもとに戻ってくるといいな」

「和泉さまは、竹子さんをお待ちになると？」

隣にあぐらをかいた八雲に尋ねる。

「和泉はいつまでも待つと話していた。私たちが来世の契りを交わしていると伝えたら、驚いていた」

「そんなことまでお話しになったんですか？」

なんだか照れくさい。

「千鶴。頬が赤いがどうかしたのか？」

八雲は千鶴に手を伸ばし、軽々と抱き上げて自分の膝の上にのせたあと、背中から抱き寄せて指摘する。

「あ、赤くなどございません」

「耳まで赤くなった」

耳元で艶っぽくささやかれては目が泳いでしまう。

八雲は時々こうして千鶴を困らせるようになった。ただ、すこぶる楽しそうなのでやめてほしいとは強く言えない。……というのは建て前で、千鶴も八雲と過ごすこうした時間が好きなのだ。

「千鶴」

つい寸刻前まで冗談めかしていた八雲の声色が引き締まった。

「はい」

「私はいつまでもお前を待つ。しかし、千鶴が新しい世界を見たいのであれば、それでも構わない」

それはどういう意味なのだろう。

「来世では、別の道を歩もうとおっしゃっているのですか?」

和泉と竹子を見ていて考えを改めたのではないかと、千鶴は急に不安になった。

「そうではない。私はこの子と一緒にいつまでも千鶴を待つ」

八雲は千鶴の腹に手を当てて優しい声で言う。

「ただ、お前が愛おしいからこそ縛りたくもない。死神の妻という稀有《けう》な人生を歩んだお前が、普通の人間としての生涯を経験したいのであれば――」

「お断りします」

千鶴はきっぱり言った。すると八雲が顔を覗き込んでくる。

「八雲さまは自信がないのですか？　次の世でもう一度私を振り向かせる自信が」

自分でも随分大口を叩いていると千鶴は思う。

同時にこれは、自分の胸の内でもある。本当に八雲とまた出会えるのか。妻として求めてもらえるのか。不安でたまらない。

来世のことをもう考えるなんて、とも思うけれど、竹子が旅立ち、自分の今後について深く考えるようになったのだ。おそらく八雲も同じだろう。

「稀有な人生も、二度三度経験すれば珍しくなくなります。そんなの、八雲さまの言い訳です」

もう自分はいらないと言われているのではないかと妙な焦りを感じた千鶴は、早口でとんでもないことをまくしたててしまった。

黙ったままの八雲が気になりこっそりと視線を送ると、あんぐり口を開けている。あきれているのだろうか。それとも怒っている？

「や、八雲さま。今のは忘れて――」

「お前の言った通りだ。次の世で千鶴に拒絶されたらと考えたら、必死に言い訳を考えていた」

「え……？」

自分で言っておいてなんだが、八雲が言い訳だと認めるのに耳を疑う。

「次の世で千鶴に遠ざけられたら、私が嫌いなのではなく普通の人間として生きたいからだとでも思わなければ、耐えられそうにない」

「八雲、さま？」

「頼む、千鶴。私はこれからこの子に恥じないよう死神として力を尽くす。だから私を拒まないでくれ」

大主さまを前にしても動じない死神が、自分のことであたふたするなんて信じられない。

千鶴はおかしくなって笑みをこぼした。

「それでは、私も正直に申します。私も不安なんです。八雲さまが私をいらないとおっしゃるのではないかと」

「まさか」

千鶴が胸の内を告白すると、八雲が優しく抱き寄せてくれる。ずっとこうしていたいと思うほど幸せな時間だ。

「だから私も、必死に生きます。来世もそのまた次も、八雲さまに見つけていただけるように」

「ああ。必ず見つける。……しかし、しつこい死神は嫌いではないか？」

意外すぎる質問に、千鶴はとうとう噴き出した。

「いいえ、まったく。八雲さまは、しつこい人間はお嫌いですか？」

「いや、まったく。大歓迎だ」

白い歯を見せ、目を細める八雲の感情が戻ってよかった。

千鶴も微笑み返すと、唇が重なった。

八雲の腕の中で心地いい幸福のしびれに酔いしれていると、先ほどまでの雨が嘘のように空が明るくなってきた。

「あっ……」

千鶴が声をあげたのは、時雨虹がかかっていたからだ。

「竹子さん、虹を渡ったのでしょうか」

「また虹を渡って和泉と宗一のところに来るはずだ。今頃、私たちのことを笑いながら見ているかもしれないな」

「えっ！」

そんな恥ずかしい……。

「千鶴さまぁ」

「こら、一之助！　邪魔をするでない」

タタタッと軽快な足音とともに一之助の声がしたと思ったら、浅彦があとを追いかけてくる。

千鶴は自分が八雲の膝の上にいることを思い出し、慌てて下りようとした。しかし、腰をがっしりと抱かれて許してもらえないため、目を白黒させる。

「八雲さま？」

「なにを慌てている。私たちは夫婦なのだから、これくらいは当然だ」

にやりと笑う八雲は、一之助に向かって空いている左手を広げた。すると遠慮なしに一之助が飛び込んでくる。

「も、申し訳ありません。ビスケットで釣ったのですが、皆で一緒に食べると聞かず……」

どうやら竹子だけでなく、浅彦にもこの恥ずかしい戯れを見られていたようだ。

「構わん。一之助、大きくなったな。だが、もう少し落ち着き――」

「虹だ！」

八雲に抱きついた一之助は苦言もどこ吹く風。空に虹を見つけて目を輝かせている。

「あー、本当だ」

浅彦もそばにやってきて頬を緩めた。

「きれー」

ちょっと背伸びをして空に手を伸ばす一之助を、八雲と浅彦、そして千鶴が笑顔で見守る。来年にはもうひとり増えて、こうして同じ空を見上げて笑い合えるはずだ。

やはり、自分の居場所はここだ。何度でもここに戻ってくる。

千鶴は心に固く誓った。


その日の昼過ぎ。鱗雲《うろこぐも》が広がってきた頃に、突然和泉が姿を現した。

一之助と庭で遊んでいた浅彦が、すぐさま八雲を呼びに走った。千鶴は一之助とともに玄関に向かい、和泉を出迎える。

「和泉さまだ！」

この屋敷に誰かが訪ねてくることはめったにないからか、一之助がうれしそうにはしゃぐ。

「覚えていてくれたんだね」

「竹子さまは？」

一之助の無邪気な質問に和泉は一瞬顔を曇らせたが、すぐに口角を上げる。

「竹子は空に帰ったんだよ」

「お空？　あっ、さっき虹が出てたの。あそこに行ったのかなぁ」

「そうか……。きっとそうだ。竹子は虹の橋を渡って、空の向こうに行ったんだ」

和泉の言葉の意味を、一之助も近い将来知ることになるはずだ。人間である彼もまた、千鶴のように死について思い悩むときが来るかもしれないけれど、そのときは一緒に考え、乗り越えていきたい。

「和泉」

浅彦に呼ばれた八雲も顔を出した。

「報告に」

「ああ。一之助、しばらく浅彦に遊んでもらいなさい」

和泉と遊ぶ気満々だった一之助も、深刻な雰囲気を感じ取ったようだ。素直にうなずいて浅彦とともに奥座敷に引っ込んだ。

和泉をいつも食事をとる広間に案内し、お茶を出すために千鶴が席を外そうとすると、「千鶴さんも」と言われて八雲の隣に腰を下ろす。

対面に座った和泉は、困ったような顔をして話し始めた。

「竹子が逝きました」

「そう、か。残念だった」

「嵐の日。海に流されてしまった子を助けたくて激しい雨に打たれ、高熱を出して肺を患い、そのまま。その子も、竹子が旅立った日に海岸に打ち上げられたとか。その子が寂しくないように一緒に寄り添ったようで……。なんとも竹子らしい最期というか……」

和泉は言葉を詰まらせる。

八雲も千鶴も、ただ黙って聞いていた。

「宗一が、竹子の枕元に来たのだが……。先代さまと紅玉が宗一に感情や記憶を返してくれたようだ」

次第に声が震えていく和泉は、目頭を押さえた。その姿を見た千鶴も涙がこぼれそうになりうつむく。

「間に合ったのか」

「ああ。たくさんの言葉は交わせなかったが、竹子は穏やかな顔で黄泉に向かったよ」

和泉はそう言うと、顔をしっかりと上げ八雲と千鶴に視線を送る。

「ふたりの勇気が、私たちを幸せにしてくれた、わずかだったが、竹子とかけがえのない時間を過ごせた。竹子と出会って、誰かを愛おしく感じることを知り、そこから私の感情は広がっていった。それがこんなに苦しい結末を迎えるとは思いもよらなかったが、それでも竹子を愛せたことに少しも後悔はない」

和泉は悲しげで、しかしどこかうれしそうに語る。

「私は宗一とともに、あの漁村の死神として竹子を待とうと思う。八雲と千鶴さんは、どうか新しい命を大切に育んでくれ。本当にありがとう」

和泉に深々と頭を下げられて、千鶴の頬に涙が伝った。

幸せな未来への入口

あっという間に月日は流れ、みずみずしい若葉の香りを含んだ風が心地よくなってきた初夏。

八雲の部屋で彼にもたれかかるようにして座る千鶴は、大きくなったお腹をさすりながら話しかけていた。

「そろそろ生まれてくるのかしら。あなたは男の子かな？　それとも女の子？」

「どちらでもよい。元気に生まれてくれれば」

初めて出会ったときのあの鋭い眼差しと冷たい表情はどこに行ったのか、すっかり父親の顔をした八雲は、目尻を下げる。

「体は平気なのか？」

「はい、なんとか」

最近になって立て続けに立ちくらみを起こしているので心配しているのだ。牛込の産婆に尋ねたら、この時期にはよくあることなのだという。

それに、お腹の子に栄養をとられるせいか食欲が旺盛だったのに、最近は食べられなくなってきた。

幸い悪阻はひどくなかったが、眠くてたまらなかった。そのため一之助と遊んでいてもうつらうつらしてしまい、何度浅彦に助けを求めたことか。

最近は体が重い上、せり出したお腹のせいで草履が見えず、草履をはくたびに誰かに助けてもらっている。もちろん、皆嫌な顔せず手伝ってくれる。

小さな命にこんなふうに振り回されるとは思っていなかったけれど、それも悪くない。

「あっ……」

「動いたな、今」

「はい。元気ですね」

腹壁をポコポコと蹴っているのか叩いているのか、時々大きく動く。それがとても幸せで、自然と笑みがこぼれる。

「千鶴。不安ではないか？」

「少しも不安はないと言うと嘘になります。だって、出産は初めてですから」

産婆のところで生めるようお願いしてあるが、お産は家族や近所に住む女性などに手伝ってもらうのが普通だ。

しかし、埼玉《さいたま》の母に八雲を夫だと紹介できない以上、産婆を頼ってひとりで頑張るしかない。すでに両親が他界していた竹子だってそうだったのだ。絶対に乗り越えられると信じている。

「そうか。私は、あとはなにをすればいいのだ」

「八雲さまは、この子が生まれてくるのを楽しみに待っていていただければ」

どちらかというと、最近は八雲のほうがそわそわしている。

女学校時代、出産は女の仕事で、夫はまったくかかわらないものだという話をよく耳にしたので、これほどまでに気を揉《も》んでもらえてありがたいくらいだ。

「千鶴さまぁ。どこ?」

一之助が廊下を駆けまわって捜している。

「ここですよ」

千鶴が声をあげると、足音が近づいてきて障子が勢いよく開いた。

「一之助。入ってもいいか尋ねてからだと何度も言っているだろう」

お小言を漏らしているのは浅彦だ。千鶴が思うように動けなくなってきてからは、彼が一之助の面倒をほとんど見てくれている。

「はーい」

千鶴に一直線で気のない返事をする一之助を八雲は笑った。

「赤ちゃん、元気?」

「元気よ」

そう答えると、一之助は千鶴のお腹に耳を当てる。

「うーん。今日は聞こえないねぇ」

先日、偶然こうしているときにポコッというような音が聞こえたのだとか。

「他人の話を聞け！」

「聞こえないから、しーっ」

部屋に入ってきた浅彦が一之助を叱るが、一之助は気にすることなく逆に浅彦を諫《いさ》める。

浅彦は大きな溜息をつき苦笑するも、優しい目で一之助を見ていた。

「お兄さんだよー」

音を聞くのはあきらめたらしく、今度は話しかけている。

「そうね。優しいお兄さんになりそうね」

「うん。僕、優しくするよ！」

そう言いながら千鶴の首にしがみついてくる一之助は、本当は少し寂しげだ。以前のように千鶴と一緒に遊べないからだ。それでも、お兄さんになるのだからと不満も漏らさず必死にこらえている。

「ありがとうね」

「一之助。千鶴さまが疲れてしまう。私と遊ぼう」

気を使った浅彦が引き離そうとしても、一之助は千鶴にしがみついたまま離れようとしない。

「一之助」

「浅彦さん、大丈夫です。一之助くん、ビー玉弾きをしようか」

「いいの？」

千鶴の提案に一之助の目が輝く。やはり甘えたいのに我慢しているのだ。

「もちろん。浅彦さん、夕飯の準備をお願いしても？」

「承知しました。一之助、絶対に千鶴さまに無理をさせてはならんぞ」

「はーい」

浅彦に元気な返事をする一之助は、やっぱり千鶴に抱きついた。


久々に一之助と大笑いをした。

最近、小石川でよく売られているというラムネに入っているガラス玉を宝物にしている一之助と、それを転がしてぶつけ合うだけの遊びなのだが、思うように転がらず、一之助は終始笑い転げていた。

「あーあ、負けちゃった」

めんこで遊び始めた頃は、浅彦に負けるのが悔しくて泣きべそをかいていたのに、最近は残念そうな顔をするものの、仕方がないと割り切れるようになった。

　子供の成長はあっという間だ。

「僕が赤ちゃんに教えてあげるからね。千鶴さまは教えちゃだめだよ」

「そうね。遊びは一之助くんに任せようかな。でも、赤ちゃんが少し大きくなってからね」

「そっか」

　一之助も乳飲み子を見たことはあるようだけれど、どう成長していくのかは知らないらしい。

　もしかしたら、八雲もそうなのかもしれないと千鶴は思っている。同級生の光江《みつえ》の子、みちに会ったときも、すこぶる不思議そうに観察していたからだ。何事も経験してみなければわからないものだ。

「一之助、くん」

「なあに？」

「楽しいのにごめんね。ちょっと八雲さまを呼んで来てくれないかな？」

　先ほどからなんとなく、お腹に張りを感じるのだ。気のせいと言えばそうも思えるが、いつ生まれてきてもおかしくはないので念のため。

　それに、ここは死神の屋敷。産気づいてから産婆を家に呼ぶものらしいけれど、ここに来てもらうわけにはいかない。千鶴のほうから牛込の産婆の家に赴き、お世話になるのだ。

一之助をびっくりさせたくなくて笑顔を作って言ったのに、彼は顔を真っ青にして駆け出していく。

「八雲さま！　八雲さま！」

そして聞いたことがないような凜《りん》とした声で八雲を呼んだ。

するとほどなくして八雲が駆けつけてくる。

「どうした、千鶴」

「もしかしたら、生まれるかも」

千鶴は自信なげに言った。

まださほど強い痛みを感じるわけでもなければ、破水したわけでもないからだ。

「すぐに産婆のところに行こう。浅彦！」

慌てる八雲のうしろで、一之助が顔をゆがめて今にも泣きだしそうだ。

「一之助くん」

千鶴が呼ぶとおそるおそる近づいてくる。

「あのね、赤ちゃん生まれるかもしれないの。ちょっと大変だから、一之助くんの力を貸して？」

「僕の？」

「そう。ギューッとしてほしいな。そうしたら頑張れる」

こんな不安な顔をした彼をこのまま置いていけない。そう思った千鶴は、一之助を強く抱きしめた。

「もうこれで大丈夫。少し留守にするけど、赤ちゃんを連れて帰ってくるから、待っててね」

千鶴がそう伝えると、一之助にようやく笑顔が戻った。

八雲の屋敷から神社へ。そして久しぶりの小石川へ。浅彦が手配してくれた人力車に八雲もともに乗り込む。

「八雲さま、お顔が怖いですよ」

「なぜお前はそんなに落ち着いているのだ」

「なぜって……」

出産はとんでもなく痛いし苦しいと、何度も聞いた。もちろん不安だらけだ。けれど……。

「八雲さまの子を生めるのが幸せだからです。私たちのところに輪廻してきてくれた新しい命に感謝でいっぱいだから」

魂の流転をつかさどる死神は、千鶴のお腹に宿った命との奇跡的な出会いの重みを知っている。

そしてそれは、死神の妻である千鶴も同じ。

「もちろん、そうだが。お前は本当に強い。ひとりでなんでも乗り越えられては、私の出番がないではないか」

八雲の意外な恨み節に、千鶴の頬が緩む。

「ひとりではございません」

「ん？」

「八雲さまがいてくださるから、乗り越えられるんです。まだ余裕がありますけど、痛いと泣き叫んでも笑わないでくださいね」

正直、どれくらい痛いのかなんて予想もつかない。今は強がっているだけ。

「笑うものか。……千鶴」

千鶴の手をしっかり握った八雲は、心配げな視線を向けてくる。

「はい」

「私はずっと一緒だ」

「知ってます」

冗談半分に返すと、八雲の口角がようやく上がった。

人力車はその間もひたすら牛込へと走る。まるで、茜色に染まる空に吸い込まれるように。

そのとき、千鶴は異変を感じて八雲の腕をつかんだ。

「やっぱり……痛い、かも」

屋敷で感じたはっきりしない痛みではなく、まださほど強くはないものの、これは間違いなく陣痛だ。

「すまないが急いでくれ。子が……私たちの子が生まれるのだ」

顔色を変えた八雲は、車夫に焦った声をかける。

「めでたいねぇ。はいよ」

生贄の花嫁として乗った人力車は、死に向かって走った。しかし今は、幸せな未来に向かっている。

「千鶴。もう少し耐えてくれ」

「まだ大丈夫ですよ、多分」

「多分とはなんだ。はらはらさせるでない」

これほど必死になってくれる旦那さまが、少し前まで愛を知らなかった死神だと誰が思うだろうか。

「元気な子を生んでみせます。だから……私を信じてください」

「そうだな。信じてる」

八雲はそう言うと、千鶴をしっかりと抱き寄せた。

――本書のプロフィール――

本書は書き下ろしです。

小学館文庫

死神《しにがみ》の初恋《はつこい》

一途《いちず》な愛《あい》は時《とき》を超《こ》えて

著者　朝比奈希夜《あさひなきよ》

二〇二三年一月十一日　初版第一刷発行

発行人　石川和男

発行所　株式会社 小学館
〒一〇一－八〇〇一
東京都千代田区一ツ橋二－三－一
電話　編集〇三－三二三〇－五六一六
販売〇三－五二八一－三五五五
印刷所────凸版印刷株式会社

この文庫の詳しい内容はインターネットで24時間ご覧になれます。
小学館公式ホームページ　https://www.shogakukan.co.jp

ISBN978-4-09-407216-7

京都鴨川あやかし酒造

龍神さまの花嫁

朝比奈希夜

イラスト　神江ちず

旦那さまは龍神でした——
冷酷で無慈悲と噂の男・浅葱に
無理やり嫁がされた小夜子。
婚礼の晩、浅葱と契りの口づけを交わすと
“あやかし”が見えるようになり…!?

CHARABUN
キャラブン!
小学館文庫